LA TENTATION DE CAROLINE

DU MÊME AUTEUR
CHEZ LE MÊME ÉDITEUR

N° 1 : LE MONSTRE D'ORGEVAL
N° 2 : LE CARROUSEL DE LA PLEINE LUNE
N° 3 : L'ABOMINABLE BLOCKHAUS
N° 4 : LES SÉMINAIRES D'AMOUR
N° 5 : LE MARCHÉ AUX ORPHELINES
N° 6 : L'HÉROÏNE EN OR MASSIF
N° 7 : UN CHANTAGE TRÈS SPÉCIAL
N° 8 : LES REQUINS DE L'ÎLE D'AMOUR
N° 9 : LA CITÉ DES DISPARUES
N° 10 : LE CYGNE DE BANGKOK
N° 11 : LA MANTE RELIGIEUSE
N° 12 : LE JEU DU CAVALIER
N° 13 : LA CROISIÈRE INTERDITE
N° 14 : LE HAREM DE MARRAKECH
N° 15 : LA MAISON DES MAUDITES
N° 16 : LA PERMISSION DE MINUIT
N° 17 : LES CAPRICES DE VANESSA
N° 18 : LA VIPÈRE DES CARAÏBES
N° 19 : LE VOYOU DE MONTPARNASSE
N° 20 : LES FILLES DE MONSEIGNEUR
N° 21 : LA NUIT ARABE DE MONACO
N° 22 : LA FERMIÈRE DU VICOMTE
N° 23 : LA PUNITION DE L'AMBASSADEUR
N° 24 : LA SECTE DES AMAZONES
N° 25 : LES SIRÈNES DE L'AUTOROUTE
N° 26 : LE BOUDDHA VIVANT
N° 27 : LA PLANCHETTE BULGARE
N° 28 : LE PRISONNIER DE BEAUBOURG
N° 29 : LES ESCLAVES DE LA NUIT
N° 30 : LES POUPÉES CHINOISES
N° 31 : LES SACRIFIÉS DU SOLEIL
N° 32 : L'EXÉCUTRICE
N° 33 : LA PRÊTRESSE DU PHARAON
N° 34 : UN CANAL ROSE POUR CIBISTES
N° 35 : LES FANATIQUES DE LA VIDÉO
N° 36 : LES ANGES DE PIGALLE
N° 37 : SOSIES SUR MESURE
N° 38 : LA MARQUE DU TAUREAU
N° 39 : L'ÎLE AUX FEMMES
N° 40 : LA CHÂTELAINE DE L'ORDRE NOIR
N° 41 : LA PRINCESSE DES CATACOMBES

Nº 42 : LA DISPARUE DE SUNSET BOULEVARD
Nº 43 : LE PARFUM DE LA DAME EN GRIS
Nº 44 : LES FEMMES MYGALES DE CÔTE-D'IVOIRE
Nº 45 : LA DANSE DES COUTEAUX
Nº 46 : LES AMANTS DE SINGAPOUR
Nº 47 : LA VEUVE DU LAC
Nº 48 : LES FANTASMES DU NOTABLE
Nº 49 : LA BÊTE DE LUBERON
Nº 50 : CARNAVAL A VENISE
Nº 51 : LES NUITS BLANCHES DE LA TOUR EIFFEL
Nº 52 : LOVE TELEPHONE
Nº 53 : GOLF-PARTY
Nº 54 : L'ENFER DU COLLECTIONNEUR
Nº 55 : LES SOMNAMBULES DU DOCTEUR MARLY
Nº 56 : LES ENVOÛTÉES DU MARABOUT
Nº 57 : LA TUEUSE D'HOMMES
Nº 58 : LA DIVA DU BOIS DE BOULOGNE
Nº 59 : LA FOLIE DE BARBE-BLEUE
Nº 60 : LE MANIAQUE DU PARKING
Nº 61 : LE BATEAU DES FILLES PERDUES
Nº 62 : LE DÉMON DU PEEP SHOW
Nº 63 : LES CHASSEURS DE MIREILLE
Nº 64 : LA PLAGE AUX NYMPHES
Nº 65 : NUITS DE CHINE
Nº 66 : LA FILIÈRE MEXICAINE
Nº 67 : LES SECRETS DE MADAME MAUD
Nº 68 : LA FEMME MASQUÉE
Nº 69 : TRANSPORT DE FILLES
Nº 70 : LA SECRÉTAIRE DU PATRON
Nº 71 : LA PANTHÈRE DES PALACES
Nº 72 : LES PROFANATRICES

MICHEL BRICE

BRIGADE MONDAINE

LA TENTATION DE CAROLINE

PLON

Les dossiers Brigade mondaine de cette collection sont fondés sur des éléments absolument authentiques. Toutefois, pour les révéler au public, nous avons dû modifier les notions de temps et de lieu ainsi que les noms des personnages.

Par conséquent, toute ressemblance avec des personnes existantes ou ayant existé serait totalement involontaire et ne relèverait que du hasard...

ISBN : 2.259.01489.5

CHAPITRE PREMIER

C'était un collier de chien banal à pleurer. Un collier de cuir rouge prolongé par une chaîne au bout de laquelle il y avait une main. Une longue main aristocratique, un peu molle et blanche, parfaitement manucurée. Celle de Valéry Brémard de Bouville. Un nom qui, au moins du côté maternel, comptait trois maréchaux de France et, précisait le *Who's Who,* un ministre des Affaires Etrangères sous Louis-Philippe. Après cette main, il y avait un bras qui disparaissait dans la manche d'un impeccable costume de laine croisé dont Valéry Brémard de Bouville ne portait plus que la veste. Le reste, c'est-à-dire le pantalon, les chaussettes anthracite et les chaussures Derby Saint-Laurent, avaient été projetés en vrac sous une très belle table en marqueterie du XVIIIe siècle. Même son caleçon rayé bleu et blanc, Valéry s'en était débarrassé depuis belle lurette.

Tel quel, néanmoins, il aurait parfaitement pu présenter le Journal Télévisé, étant donné qu'il était sapé très strict en haut. Veste croisée, mais aussi chemise de popeline rayée, cravate de twill imprimée cachemire. Sans oublier la note pimpante d'une pochette de soie jaune.

Au-dessous de la taille, évidemment, c'était beaucoup plus relâché, si tant est qu'on puisse employer cet adjectif pour évoquer la tension de l'espèce d'énorme tuyau d'arrosage rose qui dardait hors du fouillis blond de son pubis et pointait vers la voie lactée comme une fusée prête au décollage.

« Tuyau d'arrosage » était le mot juste. Caroline, dix minutes auparavant, avait fait l'expérience des capacités « d'arrosage » de l'engin en question.

Caroline, c'était la longue fille blonde et nue, à l'autre extrémité de la laisse, qui gémissait à chaque fois que Valéry tirait un peu trop fort sur le collier, histoire de lui rappeler lequel des deux était du bon côté de la laisse en question...

— Tu vois ? avait-il dit tout à l'heure en lui arrosant copieusement le visage de la liqueur blanche qui jaillissait à longs jets de son sexe. Je tiens ma promesse : je ne te touche pas ! J'ai juré et je n'ai qu'une parole !

L'ordure... Glacée, Caroline crevait d'envie d'éclater en sanglots. En effet, il ne l'avait pas touchée ! Il s'était contenté de se masturber à dix centimètres d'elle, puis de se vider tranquillement en visant ses paupières, ses joues, sa bouche. Sans même l'effleurer.

Et maintenant...

Caroline réprima un spasme de dégoût. Maintenant, ça allait être le cauchemar. L'enfer.

Valéry la poussa vers le centre de la pièce, l'ancienne salle des gardes du château de Boisherpin, à une dizaine de kilomètres de Montargis (Loiret). Un endroit où, six mois auparavant à peine, lors d'une grande fête donnée pour les dix-huit ans de Valéry par ses parents, elle avait pour la première fois dansé avec lui. Tandis que tourbillonnaient autour d'eux des dizaines d'autres héritiers et héritières des plus riches familles de France. Rien que des noms répertoriés dans le *Bottin Mondain*...

Mais aujourd'hui il n'y avait plus de musique. Plus de feu de bois dans la grande cheminée armoriée. Plus de smoking ni de robes longues.

Et Caroline était nue. Avec un collier de chien autour du cou.

Et elle allait « y passer ». C'était fatal. C'était écrit.

— Avance ! répéta Valéry derrière elle, de sa petite voix de fausset.

Elle fit encore deux pas. Avec l'impression qu'une enclume était en train de s'installer à la place de son estomac. Puis elle se bloqua.

— Avance ! jeta encore Valéry.

— Non, bredouilla-t-elle. Par pitié !

Autour de la table, trois paires d'yeux la dévisageaient. D'autant plus luisants qu'ils scintillaient au milieu de trois visages couleur d'ébène. Trois faces d'un noir profond qui la regardaient approcher, comme statufiées.

Les trois invités de Valéry. Non prévus au programme bien entendu.

— Je t'avais promis de ne pas te toucher, avait ricané le jeune homme, lorsqu'à son arrivée au château elle avait découvert les trois Africains qui s'inclinaient cérémonieusement devant elle. Mais je ne t'avais pas promis qu'on serait seuls !

Maintenant les trois hommes — trois condisciples de Sciences Po, avait précisé Valéry — étaient assis autour de la table, au milieu de la salle des gardes.

— Non ! gémit encore la jeune fille.

— A genoux, commanda Valéry. Sinon je vais t'y obliger. Et tu n'auras rien ! Pas un sou ! Tu sais ce que ça veut dire pour toi ?

Quelque chose vacilla en elle. Si elle n'avait pas l'argent promis, ce serait une horreur pire encore que celle qui l'attendait maintenant. Déjà elle sentait les premiers tremblements. De vagues crampes abdominales. Bientôt ce serait la chair de poule, des débuts de nausées, la migraine, des larmoiements, une brume gélatineuse envahissant ses pupilles dilatées... Et elle s'abattrait par terre en pleurant, en se tordant les mains. Et elle serait à leur merci, plus encore qu'elle n'y était à présent.

Elle n'avait pas le choix.

Il lui fallait l'argent promis par Valéry.

Il le lui fallait pour retrouver la paix. Sentir le « rush » dû bonheur filant dans ses veines comme un feu bienfaisant.

A côté de ce flash miraculeux, le reste n'avait aucune importance.

La voix de Valéry sembla lui parvenir à travers une sorte de brume vague.

— Alors ? s'impatientait-il.

Quelque chose céda en elle. Elle se laissa tomber sur les genoux.

Les trois Africains étaient exactement dans la même tenue que leur hôte. C'est-à-dire strictement sapés et cravatés en haut. Et nus en bas. Sous la table, il y avait trois paires de jambes musclées, couleur chocolat.

Et quelque chose d'encore plus musclé qui jaillissait à l'intersection de leurs cuisses. Trois verges sombres et noueuses dont l'extrémité heurtait le dessous du plateau de la table. Elles aussi, elles attendaient.

— On va faire un jeu, avait annoncé Valéry. Tu vas voir. C'est très amusant !

Caroline eut un frisson. Un jeu... C'était Valéry qui avait raison. Rien qu'un jeu sans importance. Le reste seul comptait. L'argent qu'il allait lui donner après. Et le plaisir inouï que cet argent allait lui permettre, une fois encore, d'acheter.

Elle se rua en avant parce que Valéry, brusquement, la poussait. En s'introduisant de l'index dans un endroit très intime de sa personne, au milieu du sillon des fesses.

Là aussi il tenait parole : il ne la « touchait » pas puisque son index était recouvert d'un doigtier de caoutchouc transparent...

Quand il retira l'index, le doigtier resta fiché dans la minuscule coquille froncée de ses reins, comme une sorte d'entonnoir grotesque qui sortait d'entre sa croupe magnifique.

Mais elle n'en eut pas conscience. Elle n'avait plus conscience de rien. Elle avançait à quatre pattes sous la table, à la rencontre des trois énormes serpents noirs qui, dardés, l'attendaient.

Elle se dit vaguement que c'était la première fois qu'elle voyait de si près des sexes d'hommes. Même celui de Romain, l'année dernière, à Saint-Jean-Cap-Ferrat, elle avait obstinément refusé d'y toucher, malgré les supplications de son « fiancé » d'un été. Romain était pourtant insistant, et ils avaient passé bien des nuits ensemble, dans les boîtes de la Côte, pendant que leurs parents respectifs se recevaient entre voisins à la *Voile d'Or,* un palace fréquenté par tout ce qu'il y a de mieux dans les sphères qui avoisinent le pouvoir. A peine lui avait-elle permis, à Romain, de toucher ses seins. Et encore : par-dessus son soutien-gorge. Une seule fois...

Pour dire les choses clairement, à dix-huit ans, Caroline appartenait à une catégorie rarissime de nos jours : elle était vierge.

Et à présent elle était nue, sous les yeux de quatre hommes, dans un château désert du Loiret, le cou prisonnier d'un abject collier de chien. Et elle rampait sous la table vers des sexes qui l'attendaient...

Elle se mordit les lèvres. Il ne fallait pas qu'elle pense à tout ça. Il fallait qu'elle se concentre sur l'argent. Sur « après »...

Sur ce qui suivrait : la piqûre... La vie qui envahirait alors ses veines à nouveau. Le flash magique qui vous transfigure.

En attendant qu'il vous détruise...

***

Une heure auparavant, la grande porte de chêne du château soigneusement refermée, Valéry Brémard de

Bouville l'avait charitablement prévenue, de sa voix traînante un peu affectée qui lui donnait les accents de Frédéric Mitterrand, à la télé, quand il présente les nouveaux chefs-d'œuvre cinématographiques de la semaine avec des emballements oratoires dont on se demande où ils vont s'arrêter.

— Les domestiques ont congé, avait-il dit. Et le parc fait dix hectares. Par ailleurs, je te préviens que j'ai enfermé tes vêtements dans une chambre du premier. Ça serait bête que tu attrapes froid en essayant de te sauver, non ?

Dehors, c'était l'hiver et, à 16 h 30, il faisait presque nuit. Dégringolant en direct de l'Arctique, un vent sympathique de banquise balayait le continent et venait s'acharner contre les chênes centenaires de Boisherpin, arrachait ce qui restait de feuilles mortes aux saules pleureurs autour de l'étang, rasait les longues pelouses en pente douce et heurtait les murs blonds du château flanqué de deux tours à toits coniques en ardoise. Le château avait six cents ans et il en avait vu d'autres. Avant d'être acheté par le grand-père de Valéry, il avait connu trente-deux propriétaires. Au XVIIIe siècle, on avait abattu les enceintes et comblé les douves. Au XIXe, on y avait créé des jardins magnifiques. En cette fin du XXe siècle où la vie est dure même pour les châtelains, on songeait à le vendre à une Société de golf. Edmond Brémard de Bouville, le père de Valéry, louchait depuis un certain temps sur une villa de Monaco et, pour l'acheter, il lui fallait de l'argent frais. Il avait beau cumuler la présidence de plusieurs conseils d'administration dans l'agro-alimentaire et diriger plusieurs groupes d'électroménager et d'électronique, la pression fiscale de plus en plus insistante sur les grandes fortunes n'était pas étrangère à ses actuels (et tout relatifs) « soucis » financiers...

— Maintenant que tu as ce que tu voulais, avait dit Caroline, donne-moi l'argent et laisse-moi me tirer.

Ce que voulait Valéry — du moins ce qu'il lui avait

dit qu'il voulait — c'était la voir comme elle était maintenant. C'est-à-dire dans le plus simple appareil.

— Rien que ça, il avait promis. Et je te file les deux mille francs dont tu as besoin.

Juste son argent de poche pour la semaine.

Il est vrai que Valéry avait de l'avenir et que le bûcheur infatigable qu'il était depuis l'école Bossuet — un des établissements qui figurent en tête du hit-parade des écoles privées fréquentées par le gratin des rejetons du pouvoir, des arts et des lettres — méritait d'être récompensé. Après Sciences-Po, ce serait l'ENA probablement. Ou le concours des Assemblées (l'un des plus difficiles : un reçu sur cent candidats). Puis s'ouvriraient à lui les terres luxuriantes de la haute Administration, des Entreprises ou des organismes parapublics. Avec à la clef des fins de mois qui vous font voir la vie en rose...

Mais Valéry avait eu un petit rire.

— Tu t'ennuies déjà avec moi ?

Il la regardait de haut en bas. C'était la première fois qu'il la voyait nue. A peine arrivée, elle avait rempli sa part du « contrat ». Elle avait fait valser son pull citron de chez Kenzo et sa jupe mini de chez Chantal Thomass. Maintenant, elle se tenait devant lui, dans l'une des salles lambrissées du rez-de-chaussée, longue, dorée, éblouissante. Prodigieusement émouvante. Des yeux, Valéry suivit la ligne qui partait des épaules athlétiques — Caroline était une excellente nageuse —, se gonflait vers les seins souples aux pointes roses, se creusait sur le ventre plat et se perdait dans le bouillonnement d'une étonnante toison blonde, un vrai triangle de copeaux d'or où le jeune homme n'avait qu'une envie : se précipiter, mains en avant. Y fouiller de ses longs doigts manucurés. L'ouvrir. Violer cette intimité merveilleusement vierge. La forcer jusqu'à la faire hurler.

Il ricana encore.

— Tourne-toi, commanda-t-il.

De dos, la jeune fille était encore plus affolante. Dans les soirées dansantes des arrondissements chics de la capitale (VIe, VIIe, XVIe) où ils s'étaient souvent croisés, Valéry avait déjà eu l'occasion de faire la connaissance très rapprochée de pas mal d'héritières de la haute société parisienne. Mais aucune n'était aussi belle, aussi parfaite que Caroline. Ni aussi sage, hélas. Il y a six mois, quand il avait donné une fête, ici, à Boisherpin, pour son anniversaire, il avait essayé de l'entraîner dans le parc, vers une heure du matin. Elle avait refusé. Il s'était juré de l'avoir tôt ou tard. Jamais aucune ne lui avait résisté vraiment longtemps. Il suffisait d'attendre l'occasion...

Et l'occasion était venue, plus tôt qu'il n'aurait pu l'espérer.

Un soir où ils avaient rendez-vous, il l'avait attendue une demi-heure en bas du domicile de ses parents, un grand immeuble en pierres de taille de l'avenue de l'Observatoire. Finalement il s'était décidé à monter. Au sixième. Là où, depuis un an, Caroline occupait deux anciennes chambres de bonne transformées en studio. Il bouillait intérieurement : ils allaient être en retard à l'Opéra où on donnait *Tannhauser*. Il avait beau l'avoir vu trois étés de suite au Festival de Bayreuth, il n'était pas question de manquer ça. Surtout qu'il y avait ce chef d'orchestre fantastique dont le nom ressemblait curieusement à celui d'un tyran d'une prétendue « démocratie » populaire d'Europe de l'Est...

La porte du studio de Caroline, au sixième, était entrouverte. Il la poussa et eut l'impression de pénétrer dans un temple bouddhiste. Des bougies tremblotaient dans la pénombre. Quelques bâtons d'encens faisaient flotter un parfum entêtant. Sur la chaîne stéréo allumée, la platine tournait à vide, sans disque. Des verres de whisky étaient renversés un peu partout sur la moquette. Et Caroline gisait sur le lit, complètement dans les vapes.

Il aurait fallu être moins futé que Valéry pour ne pas piger tout de suite de quoi il retournait.

Au cas où il aurait eu des doutes, une cuillère à soupe noircie, et surtout une seringue vide — la « pompe », selon l'expression des toxicos — l'auraient amplement renseigné.

Au fond du studio, deux types qu'il n'avait jamais vus, deux garçons du même âge que Caroline, étaient également partis pour un long voyage. Nuque en arrière, renversés dans les coussins, ils souriaient bêtement à une vision qu'ils étaient seuls à apercevoir.

La violence de la réaction de Valéry n'eut rien de moral. Ce n'était pas cette ambiance sinistre de défonce qui le révolta, mais plutôt le fait que Caroline, la si délicate Caroline, fille unique d'un personnage si important (d'autant plus important que pratiquement inconnu du grand public), pût se laisser aller à fréquenter des garçons comme ces deux-là, qui n'étaient pas de leur monde. Deux voyous, quoi. Des moins que rien qui n'avaient visiblement pas usé leurs culottes courtes à Bossuet, Fénelon ou Gerson, les trois *must* en matière d'écoles privées pour ce qui concerne la jeunesse dorée des bonnes familles parisiennes.

C'était ça, la vraie déchéance, à ses yeux. Pas la drogue. La drogue, on pouvait toujours espérer s'en sortir. Mais quand on déchoit socialement par ses fréquentations médiocres, est-ce qu'il existe des centres de désintoxication pour ce genre de vice ?

Valéry avait beau être une espèce de grande asperge de dix-huit ans, une sorte de lévrier afghan mou par la silhouette, il était de la bonne race : celle qui sait commander. Celle à qui on obéit. Rien qu'à l'intonation de la voix. A la lueur dans le regard. Des trucs qui ne s'apprennent pas. Il faut avoir des générations derrière soi pour ça. Dans la bibliothèque de ses parents, il y avait plusieurs volumes racontant l'histoire de sa famille. Jusqu'aux premiers ancêtres, à l'époque des Croisades.

Il avait empoigné les deux inconnus par le blouson et les avait virés à travers la pièce à coups de pied dans le cul. Les autres avaient déjà dévalé deux étages comme des somnambules avant de se rendre compte que leur « voyage » prenait un tour imprévu au programme.

La porte refermée, Valéry s'était occupé de Caroline, qui sortait lentement de sa torpeur.

— Tu ne peux pas comprendre..., répétait-elle. Tu ne peux pas...

— Mais si, mais si.

D'abord, lui faire prendre une douche, pour lui remettre les idées à l'endroit.

Il avait essayé de l'aider à se déshabiller. Le pull. Le jean.

Soudain, Caroline s'était cabrée. Parfaitement réveillée, brusquement.

— Pas touche ! cria-t-elle.

Il avait les doigts de la main droite sur l'élastique de son slip rose.

— Espèce de cochon ! siffla-t-elle.

Elle le regardait de ses yeux qui avaient le don de le bouleverser parce qu'on ne savait jamais vraiment de quelle couleur ils étaient. Vieil or ou bronze ? Ou vert marais ? Ou sombres comme de la mousse humide, quand elle était contrariée ? Ce n'était pas une seule femme qu'on avait en face de soi quand on regardait Caroline, mais dix, au gré de son humeur. Il plongea dans les lacs profonds de ses prunelles, sous les paupières qui s'étiraient presque « asiatiquement » vers les tempes.

— Je voulais simplement t'aider, balbutia-t-il.

— Tu voulais me baiser ! cracha la jeune fille. Salaud ! Tu espérais en profiter, hein ?

D'un coup de reins, elle fut debout, renfilant ses jeans en faisant disparaître du même coup des trésors anatomiques qu'il n'avait pu que deviner.

— Tu me dégoûtes, lâcha-t-elle froidement. Tu m'as toujours dégoûtée, j'en profite pour te le dire.

La musique du zip qui remontait ponctua l'insulte.

— Excuse-moi d'être franche, reprit-elle plus doucement. Mais tu l'as cherché.

Elle se retourna et, d'un coup de reins, mit ses fesses en place dans le pantalon. Geste qui eut pour effet de rendre la vie encore plus amère à l'héritier des Brémard de Bouville.

— Cela dit, murmura-t-elle, tu n'es pas déplaisant comme ami. Tu es intelligent, drôle, et j'aime bien sortir avec toi.

Elle vira sur les talons.

— Mais ne t'avise plus jamais de me toucher, siffla-t-elle. Jamais !

Elle était jeune, elle éclatait de santé. Et même si elle était sur une sale pente depuis quelques mois, elle avait encore du ressort. La formidable énergie de son organisme tout neuf réagissait au quart de tour. Pour combien de temps ? Valéry avait tout compris. Avec l'héroïne, l'accoutumance est très rapide et il faut constamment augmenter les doses. Caroline venait de rentrer dans le cercle infernal. Mais elle était encore loin de la déchéance physique et des ravages presque toujours irréversibles du shoot.

D'ailleurs, l'avenir de la jeune fille, c'était le dernier de ses soucis. Tout ce qui comptait pour lui, c'était ce qu'il s'était juré, ce soir-là, sous l'humiliation qui venait de le cravacher.

Il l'aurait. Il ne savait pas encore comment mais il l'aurait.

Elle se traînerait un jour à ses pieds, la petite garce qui avait osé l'insulter !

*
**

Et ce jour était arrivé. Inexorablement. Il avait suffi qu'il attende. Ce soir, au château de Boisherpin, il n'y avait plus rien en elle de l'adolescente insolente de l'autre fois. Dans le petit salon où il l'avait d'abord entraînée, elle s'était docilement déshabillée. Et maintenant elle obéissait au moindre de ses ordres.

— Ecarte les cuisses, commanda-t-il d'une voix rauque.

Elle lui tournait le dos. Elle laissa ses pieds glisser loin l'un de l'autre et ses jambes s'ouvrir peu à peu. Même dans cette position, ses fesses magnifiques et musclées ne s'écartaient pas.

— Encore ! jeta-t-il presque avec angoisse.

Il s'agenouilla, le nez à la hauteur du sillon profond de sa croupe. Il avait promis de ne pas la toucher. Mais il n'avait pas juré de ne pas regarder. De très près. De vraiment très très près.

— Qu'est-ce que c'est beau, gémit-il.

On aurait dit une plainte. A force de s'ouvrir, Caroline était presque à l'équerre comme une danseuse qui fait le grand écart. La dépression partageant ses reins avait fini par s'écarquiller sur son intimité, révélant le fruit secret de son ventre, les deux lèvres renflées couleur abricot que voilait à peine le halo blond translucide de sa toison pourtant drue, à peine plus foncée que ses cheveux.

Il réprima un soupir.

— Viens maintenant, fit-il d'une voix sourde.

Deux minutes plus tard, ils débouchaient dans la salle des gardes du château.

Et trois hommes se levaient cérémonieusement à l'apparition de cette grande fille nue. Aussi blanche et blonde qu'ils étaient noirs.

Trois Africains. Exhibant de magnifiques dentitions que même le plus militant des antiracistes n'aurait pu s'empêcher, dans son for intérieur, de qualifier de « cannibales ».

Caroline blêmit.

— Qu'est-ce que ça signifie ? Tu m'avais promis...

Valéry émit un petit ricanement.

— Je t'avais promis de ne pas te toucher. Je ne t'avais pas promis qu'on serait seuls.

Elle se précipita sur lui, griffes en avant.

— Ordure ! cracha-t-elle.

Il la bloqua aux poignets.

— Pense à ton argent, jeta-t-il. Si tu me résistes, tu n'auras rien !

Quelque chose s'était cassé en elle. L'argent... C'était pour ça qu'elle était là. L'argent. Au stade où elle en était depuis quelques mois, c'était son obsession quotidienne.

Un héroïnomane bien « accro » a besoin de presque deux mille francs par jour pour se payer sa dose.

Et ce n'était pas les cinq cents francs d'argent de poche hebdomadaire que ses parents lui donnaient qui pouvaient lui permettre de s'en tirer.

Il lui fallait la somme promise par Valéry. Quoi qu'il arrive.

C'est pas gratuit, le paradis, quand on est dans l'enfer du manque.

— Tu ne vas pas avoir une réaction de petite bourgeoise raciste, quand même ? émit nonchalamment Valéry en la regardant.

Elle vibra. Les trois Noirs — trois Soudanais, avait précisé Valéry — rigolaient en la regardant avec autant de tendresse que des tigres convoitant leur repas du soir en la personne d'une chèvre bêtement attachée à un piquet. Trois condisciples de Sciences-Po, avait précisé le jeune futur énarque. Et tous trois fils de hauts fonctionnaires dans leur pays d'origine. Donc d'excellentes familles. Valéry avait horreur des mélanges de classes et des compromissions avec les couches inférieures de la société. En plus, ces trois jeunes gens sapés comme pour se rendre à un cocktail au Quai d'Orsay deviendraient sûrement tous les trois ministres, un jour. Valéry était tout à fait partisan de ce qu'en géopolitique on appelle le « dialogue Nord-Sud »...

— Mes amis ont un rêve que je ne demande qu'à

satisfaire, émit-il. Ils voudraient te voir courir à quatre pattes en aboyant à travers la pièce...

Elle sursauta.

— Tu es dingue ! hurla-t-elle.

Il fit un pas en avant et lui balaya la figure à la volée. Deux fois.

— A côté de ce que tu seras obligée de faire si tu résistes, c'est vraiment rien du tout, je t'assure, jeta-t-il.

Il lui montra la moquette gris perle qui tapissait la salle des gardes.

— A genoux ! commanda-t-il.

Quand elle fut à terre, il pesa de la paume sur le creux de ses reins.

— Bien ouverte, fit-il. On veut tout voir.

Puis il lui passa un collier de chien en cuir et, tenant la laisse par l'autre bout, lui commanda de galoper.

— En aboyant ! précisa-t-il. Comme une salle petite chienne de Blanche que tu es ! Et les reins bien creusés, hein ?

Elle obéit, les yeux clos. Faisant saillir sa croupe. Consciente de ce qu'elle exhibait à présent. Le long fruit rose de son sexe, prolongé au-delà du périnée par le cratère minuscule et brun et froncé de ses reins. Toute cette intimité qu'aucun homme ne pouvait encore se vanter d'avoir jamais vue. Qu'aucune intrusion mâle n'avait jamais forcée.

— Cavale ! grogna Valéry. En aboyant !

Elle démarra comme une espèce de bête dérisoire et pitoyable.

Sous les yeux fous des trois Africains qui, pétrifiés, avaient cessé de rire et presque de respirer.

Au plus profond du désespoir, elle parvint à s'arracher des poumons un long aboiement qui ressemblait à un appel au secours.

Mais, comme le lui avait charitablement précisé Valéry, Boisherpin était un vrai havre de paix complètement isolé. Le premier patelin civilisé, Montargis, était à dix kilomètres. Quant à Paris...

Paris était encore plus loin. Comme de l'autre côté du monde. Ou sur une autre planète. L'avenue de l'Observatoire... Le Luxembourg. Les allées terminées, près du carrefour de Port-Royal, par la fontaine de Carpeaux où l'eau ruisselle sur les poitrails de bronze vert des chevaux... L'église du Val-de-Grâce, tout près. Les néons mauves de la *Closerie des Lilas*, sur le boulevard du Montparnasse... Et les coupoles blanches, au fond de l'Observatoire proprement dit... Tout le décor de son enfance, de sa jeunesse, de ses dix-huit premières années.

Trottant toujours au milieu de la salle en faisant bien attention d'écarter les cuisses au maximum, elle aboya à nouveau.

La nuit, dans son studio du sixième étage, quand elle cherchait le sommeil, à une ou deux heures du matin, de longs hurlements de chien déchiraient le silence du quartier. Elle avait fini par se raconter qu'il s'agissait de bêtes enfermées dans les caves de la faculté de Pharmacie toute proche et promises à d'horribles expériences.

Et voilà qu'elle hurlait maintenant à la mort comme ces malheureux animaux prisonniers !

Elle vira sur elle-même, pomme d'Adam sciée par le collier.

Elle aboya à nouveau.

Des larmes jaillirent. Elle était perdue. Il lui fallait ses deux mille francs. Absolument. Même si les exigences de Valéry devenaient insupportables, elle obéirait. Elle irait jusqu'au bout. Pour avoir son fric. Le fric... Depuis à peu près un an qu'elle était vraiment « fixée », l'argent était devenu une véritable obsession.

Elle aurait pourtant été bien en peine de dire pourquoi elle avait plongé à pic dans la drogue. Même pas l'excuse d'une enfance malheureuse, d'un foyer désuni, de parents séparés, divorcés. Au contraire, depuis dix-huit ans, Laurent et Françoise Porreau, son père et sa mère, donnaient l'image d'un couple que même l'usure de la vie commune n'était pas parvenu à désunir ou à rendre indifférents l'un envers l'autre. Caroline n'avait même pas le fameux prétexte de la « drogue-refuge » contre la réalité, comme dans le cas des adolescents à « problèmes ». Même pas l'alibi de l'exotisme, comme pour la génération hippie des alentours de 1968 et des voyages vers l'Orient sur les routes de Katmandou. La nuit des temps, pour elle. L'époque de ses parents qui atteignaient doucement la quarantaine en se souvenant de leurs années folles et des quelques cigarettes de hasch fumées entre copains, jadis...

Ce qui explique d'ailleurs que, lorsque Caroline s'était mise elle-même à griller devant eux un ou deux « pétards », ils ne lui en avaient fait le reproche que très mollement. Ça leur rappelait leur jeune temps. Bien sûr, Caroline n'avait que seize ans, à l'époque, mais tout le monde sait que les jeunes d'aujourd'hui sont beaucoup plus précoces que leurs aînés. Et puis il faut avouer aussi qu'ils étaient très occupés, M. et Mme Porreau. Professionnellement infatigables. Surtout depuis que Laurent Porreau, ex P-DG de Clézio-Garonne, ex-sécrétaire d'Etat d'un récent gouvernement, avait fondé, pour pimenter ses nouvelles activités à la tête d'une société d'armement nationalisée, un de ces nouveaux « salons » intellectuels où se retrouvent des hommes politiques de tous bords, comme le Cercle du Bois de Boulogne ou la Fondation Saint-Simon. A la fois lieu de rencontre, de débats, de réflexion ou de relations. Et observatoire idéal pour Laurent Porreau qui avait des amis dans tous les partis de la classe dirigeante française. Le *Cercle d'Or* (le nom de son club) accueillait ses membres et invités deux fois par mois, le jeudi, dans les Salons de l'Automobile Club de France, place de la Concorde. Tous les ténors de la droite et de la gauche s'y retrouvaient au coude à coude, ainsi que des représentants des grands syndicats aussi bien que du patronat, des membres du Conseil d'Etat, de la Cour des Comptes, des Mines et des Ponts et Chaussées. Il y avait de quoi rêver, si on pensait à la tête qu'aurait pu faire un militant de base de n'importe quel parti en voyant l'un des leaders dudit parti en train d'échanger à l'apéritif des informations confidentielles avec l'ennemi de classe qu'il venait, la veille, de dénoncer du haut d'une tribune avec la dernière énergie...

Bref : depuis quelques années, tout sourire au-dehors mais poigne de fer au-dedans, Laurent Porreau était en train de négocier en beauté un tournant dans sa carrière et de devenir peu à peu l'un des hommes les mieux informés de France. L'un de ceux qui avaient le plus de relations dans le gratin du pouvoir.

Au courant du dessous des cartes. Un ami qui voulait obtenir un permis de construire l'avait en huit jours par son intermédiaire, alors qu'il faut parfois des années au commun des mortels. Pas mal de ses proches, victimes de contrôle fiscal, avaient vu leur dossier carrément enterré après un coup de fil de sa part à un haut fonctionnaire des Finances... En résumé, quelle que soit la couleur politique de ceux qui étaient à la tête de l'Etat, on ne refusait rien à Laurent Porreau.

Et c'était le moment qu'avait choisi Caroline pour leur créer des problèmes ! Il y avait vraiment de quoi rager. Surtout que sa mère elle-même, Françoise, n'avait pas non plus une minute à elle. Entre les rallyes, l'organisation des soirées mondaines et l'animation de son propre club, *Projets d'Avenir,* une association de réflexion strictement réservée aux femmes lancées dans la politique, elle n'avait guère plus de temps que son mari à consacrer à Caroline, leur fille unique. Même si celle-ci, depuis quelques mois, n'était plus tout à fait la même.

Ils s'en étaient bien sûr rendu compte, ses parents. Tour à tour nerveuse, joyeuse, expansive ou faisant la gueule pendant tout une soirée, elle semblait perpétuellement osciller entre l'explosion euphorique et la dépression la plus profonde. Ils avaient bien essayé de parler avec elle. Mais elle se retranchait dans le silence. Comment auraient-ils pu imaginer la vérité ? Est-ce qu'ils avaient seulement envie de la connaître d'ailleurs ?

Comme tous les parents, ils étaient face à cette énigme presque effrayante : leur enfant, leur petite fille, le bébé blond qu'ils avaient été tellement heureux d'avoir, il y a à peine dix-huit ans, était devenue presque une femme.

Et une femme qui leur était étrangère.

Pratiquement une inconnue.

Impossible pour eux, habitués aux lambris dorés des salles de réception, aux soirées brillantes, d'imaginer la réalité sordide des toilettes des cafés du XVIIIe arrondissement où, entraînée par une copine, Caroline avait pour la première fois senti l'héroïne couler dans ses veines, un an auparavant.

L'autre fille enfermée avec elle dans l'étroit habitacle avait sorti de sa botte droite une seringue, une cuillère à café et un sachet de drogue. Elle avait pris de l'eau au lavabo, avait délayé la poudre dans la cuillère et l'avait chauffée avec son briquet. Puis elle lui avait injecté la solution..

Au fur et à mesure que le liquide pénétrait dans la veine saillante, au pli de son coude, Caroline s'était sentie transformée.

A la fin, haletante, elle s'était laissée aller en arrière, fabuleusement bien.

Elle avait l'impression qu'elle naissait pour la seconde fois.

C'était le premier flash.

Elle comprenait enfin ce que l'autre, un jour, lui avait confié :

— Un flash vaut cent orgasmes !

C'était vrai. Elle n'avait jamais connu d'étreintes masculines, mais elle pouvait imaginer qu'aucun plaisir sexuel n'égalerait l'espèce d'ivresse céleste dans laquelle elle nageait à présent de tout son être.

Elle était remontée des toilettes sans même s'en rendre compte. Royalement indifférente à tout. Pourtant, sa perception des choses et des gens, ses réflexes étaient normaux.

Seulement, dehors, au carrefour, elle s'était assise par terre, sur le trottoir. Le feu était passé au rouge, puis au vert, puis encore au rouge, et ceci pendant un quart d'heure, avant qu'elle ne se « réveille ». Elle avait « voyagé » pendant tout ce temps, oubliant complètement ce qu'elle faisait là, pourquoi elle y était, où elle était.

Jamais, par la suite, elle ne devait oublier une pareille sensation. Le premier « flash » d'héroïne est inoubliable. Tellement inouï qu'on peut passer ensuite des années à en rechercher la saveur merveilleuse.

En vain. Il ne se renouvelle jamais avec une telle intensité.

Et c'est comme ça que commence l'enfer.

*
**

Valéry Brémard de Bouville avait pas mal calculé son coup, le jour où il avait trouvé la jeune fille complètement *stoned* dans son studio, au sixième étage. Il avait immédiatement pensé que, tôt ou tard, elle aurait besoin de lui. Pour l'argent. Et qu'alors il pourrait tranquillement poser ses conditions.

Au début, en effet, Caroline n'avait pas eu trop de problèmes pour se procurer de quoi acheter ses doses encore modestes. Il suffisait par exemple qu'elle insiste auprès de sa mère en lui disant qu'elle voulait s'acheter des nouveaux disques de Sade, l'éblouissante Anglo-Nigeriane, la nouvelle diva du jazz. Ou les derniers microsillons d'Elton John. Joint à son argent de poche hebdomadaire, ça pouvait tout juste suffire. Seulement, l'escalade avait été vertigineuse. Et pour alimenter ses neurones en carburant, elle en était arrivée à des sommes astronomiques. Entre mille cinq cents et deux mille francs par jour !

Il fallait trouver des solutions. Un jour elle piquait quelques billets dans le portefeuille de son père. Un autre jour, elle volait des pulls ou des jupes dans un magasin de mode et les revendait à des copines.

Et puis il y avait eu l'affaire du chèque volé dans le carnet de sa mère, dont elle avait imité la signature.

Et, un mois plus tard, la carte Visa de son père, avec laquelle elle avait, un lundi matin, pris sur son compte dans une billetterie la totalité de la somme autorisée pour la semaine.

Quand M. et Mme Porreau avaient tout découvert, il y avait eu un drame. Mais Caroline avait tenu tête à ses parents.

— C'était pour m'acheter de l'herbe, avait-elle soutenu. Vous me prenez pour une malade ? Alors que je fume trois joints par jour ? C'est vous qui êtes dingues, merde !

Françoise et Laurent Porreau s'étaient regardés. Obscurément, ils savaient que Caroline mentait. Qu'elle ne fumait plus depuis des mois. Que c'était beaucoup plus grave. Qu'elle se « shootait ». Et ils savaient qu'elle savait qu'ils savaient... Et que, par-dessus tout, ils ne voulaient rien savoir. Qu'ils continuaient à fuir.

D'autres signes auraient dû les alerter. Après le bac, Caroline s'était inscrite à la fac pour une licence d'Histoire de l'Art. Quand ils lui parlaient de ses cours, elle répondait vaguement, changeait de sujet. Ça crevait les yeux que, là aussi, elle avait décroché.

Au début de l'année, Laurent Porreau montait jusqu'à sa chambre, le matin, pour réveiller sa fille et l'obliger à se rendre à son cours.

Il l'accompagnait même, certains jours, jusqu'au métro.

Seulement, elle descendait deux stations plus loin, et plongeait dans l'inconnu de Paris.

Ils s'étaient alors décidés à faire une dernière tentative en la mettant en contact avec Gaetano Bordiglione, l'un des psychanalystes les plus célèbres de Paris. Elle devait se rendre chez lui deux fois par semaine. Elle avait lâché au bout de cinq séances.

— Je ne peux plus le supporter, avait-elle simplement dit. Il me dégoûte, c'est plus fort que moi. C'est physique. Je suis désolée.

Il n'y avait plus rien à faire. Depuis, ils vivaient au jour le jour, la tête sous l'aile, attendant et redoutant l'inévitable. La tragédie qui finirait par arriver. C'était fatal.

Lorsqu'au début de février ils étaient partis, comme chaque année, passer huit jours en Suisse au cœur des Grisons, dans un merveilleux et célèbre hôtel, le *Badrutt's Palace,* ils avaient bien sûr insisté pour que Caroline les accompagne. Elle avait refusé, prétextant des cours à réviser. Ils avaient alors décidé de ne pas partir. Elle était entrée dans une colère folle, les traitant de « flics », les accusant de s'occuper de sa vie, de vouloir l'espionner. Leur rappelant qu'elle était majeure. Les menaçant, s'ils restaient, d'aller passer les vacances de février ailleurs, chez une copine.

Ils étaient partis.

Ils avaient seulement obtenu d'elle la « permission » de l'appeler tous les matins, vers dix heures, pour prendre de ses nouvelles.

Ce matin, ils lui avaient trouvé la voix plus gaie que d'habitude.

— Je vais passer la soirée chez Valéry à Boisherpin, avait-elle dit.

Ça les avait plutôt surpris, cette euphorie dans sa voix. Surtout que Caroline, devant eux, n'avait jamais caché ses sentiments quand elle évoquait le brillant rejeton de la dynastie des Brémard de Bouville.

— Un vrai mal blanc, avait-elle dit. Il me dégoûte

presque autant que Bordiglione ! Au fond, c'est le même type humain complètement débectant. L'un en gras, l'autre en maigre ! Complètement tache, Valéry. Il est nul, ce mec !

N'empêche que ça les rassurait plutôt, M. et Mme Porreau, de savoir leur fille en compagnie du jeune homme. Edmond Brémard de Bouville, le père de Valéry, et Laurent Porreau étaient amis d'enfance. Ils avaient grandi dans le même vivier, l'Ecole Alsacienne. Quant à Valéry, il était promis à l'avenir le plus brillant. Même si l'aversion intime de la jeune fille semblait interdire tout projet d'union entre les deux jeunes gens, on pouvait dormir sur ses deux oreilles. Elle était entre de bonnes mains.

C'était tout à fait le mot juste.

***

Dans la grande salle des gardes de Boisherpin, le calvaire de Caroline se poursuivait.

— On va organiser un jeu maintenant, annonça Valéry.

Caroline venait de s'essuyer le visage. Après sa galopade forcée à quatre pattes, à travers la pièce, au bout de la laisse à laquelle elle était accrochée, il l'avait fait agenouiller et, se masturbant à cinq centimètres de sa bouche, s'était soulagé en l'aspergeant du front au menton. Sous les applaudissements des trois Africains qui, assis autour de la table centrale, attendaient maintenant le début du « jeu » annoncé par Valéry. Un jeu dont ils allaient être les héros.

Et Caroline, bien entendu, l'héroïne privilégiée.

— C'est très simple, expliqua le jeune homme d'une voix entrecoupée de ricanements. Tu vas passer sous la table. Tu vas en choisir un et le sucer.

Il toussota.

— Moi, je vais essayer de deviner, rien qu'à son visage, lequel de nos trois amis est l'heureux élu !

Il la poussa en avant.

— Tu vois, ma vieille, cracha-t-il. Je m'occupe de ton éducation ! L'art de la pipe, de nos jours, ça fait partie de ce que doit savoir une jeune fille pour réussir dans le monde !

Caroline se laissa à nouveau tomber à genoux.

Trois pals d'ébène en érection l'attendaient dans la pénombre sous la table.

L'argent ! Il fallait qu'elle se concentre sur l'argent. Qu'elle ne pense à rien d'autre. Il y avait l'argent au bout de son enfer. Et plus loin encore, le Paradis.

L'héroïne.

Sous la lourde table de chêne aux pieds torsadés, elle se rua sur la première verge à sa portée et l'engloutit dans un vertige d'horreur.

CHAPITRE II

Dehors, le vent se rua avec une rage folle contre les chênes centenaires et arracha à leurs ramures un grondement de protestation furibond.

Caroline Porreau, sous la table, regarda l'énormité brune et violette devant laquelle elle s'était arrêtée, immobilisée à quatre pattes, le doigtier de caoutchouc avec lequel Valéry venait de la fouiller encore planté au milieu de sa croupe comme une sorte de queue dérisoire et ridicule.

— Je n'y arriverai jamais, soupira-t-elle. C'est pas possible !

Des larmes envahirent ses paupières. Ce qui lui faisait horreur, c'était le spectacle qu'elle avait en gros plan sous les yeux maintenant : ses longs doigts à elle, si délicats, si fins, effleurant timidement l'espèce de chose monstrueuse érigée dans l'obscurité, sous le plateau de la table. Une sorte de massue noire palpitante, où un entrelacs de veines se nouaient pour rendre l'engin encore plus épais et monstrueux.

— Non ! Non ! se répéta-t-elle.

La « chose » sortait toute droite d'un buisson pubien de courtes bouclettes crêpées et, par en dessous, se mouvaient deux boules dures qui bougeaient lentement comme des espèces de poulpes.

Elle avança la nuque.

« Je vais fuir, pensa-t-elle. Me relever et courir jusqu'à ce que je trouve de l'aide ! »

Seulement, si elle faisait ça, ce qui s'envolait c'était l'argent. Donc la drogue. La délicieuse poudre d'oubli que son corps commençait à réclamer furieusement. Contre elle-même. Contre ce qui lui restait de raison, qui lui disait depuis quelques mois qu'elle était folle. Qu'elle était en train de se suicider.

Une bourrasque tortura encore les chênes du parc. Février était affreux cette année. L'un des pires qu'on avait jamais connu depuis des décennies. La neige recouvrait les deux tiers de l'Europe depuis quinze jours et pas mal de gens déjà, pour des raisons diverses, étaient morts de froid sur les routes...

Deux grosses larmes suivaient le contour de ses joues encore gonflées d'enfance.

« Tu dois le faire », pensa-t-elle.

Ginette, l'amie qui l'avait initiée à l'héro, lui avait un jour passé un porno, en cassette, chez elle. Caroline en avait oublié le titre, mais ça avait été pour elle une sorte de révélation. Bien sûr, elle savait tout ce que les hommes et les femmes se font, quand ils sont ensemble. Mais elle n'avait jamais vu. C'était monstrueux. Une série d'ignominies abominables, auxquelles elle ne se plierait jamais. Elle se l'était juré.

Le sexe ne l'intéressait pas. A l'heure de l'éveil des sens pour la plupart des adolescentes, elle, elle connaissait d'autres spasmes. Bien plus forts. Bien plus violents. Comme la plupart des camés, elle n'avait qu'indifférence pour l'amour physique. Quand, tandis que la cassette se déroulait, Ginette s'était approchée d'elle et avait essayé de l'embrasser, elle l'avait repoussée brutalement.

Ginette en était plutôt à la coke. Indispensable, elle disait, pour tenir pendant les nuits blanches, garder l'esprit en éveil, lutter contre l'ennui. Réussir dans sa carrière enfin. Ginette n'avait rien à voir avec le monde dans lequel évoluait Caroline. Elle l'avait rencontrée en fac, mais Ginette avait vite décroché. Dès qu'on lui avait proposé des tournages de films publicitaires qui rapportaient très gros. Un métier qu'elle assurait ne pouvoir faire si elle n'avait pas son « carburant ». Ses lignes de colombienne. La redoutable « Dame Blanche » qui lui mettait les synapses en ébullition. C'est dans son entourage que Caroline avait fait la connaissance des deux garçons avec lesquels Valéry, un soir, l'avait trouvée affalée sur le divan de son studio, en pleines vapes...

Ils n'avaient pas reparlé de l'incident jusqu'à ce matin où Caroline l'avait appelé par téléphone. C'était exactement deux jours après que ses parents soient partis en vacances en Suisse.

— Ça ne va pas, avait répondu Caroline à une question de Valéry. Pas du tout.

— J'arrive, avait dit Valéry.

Rien qu'au son de la voix de la jeune fille, il avait déjà tout compris. Des rafales d'*Orchestral Manœuvres in Dark* mitraillaient le studio. Caroline en était arrivée là où il espérait qu'elle arriverait depuis qu'un soir il l'avait découverte raide défoncée. Elle était aux abois. Plus d'argent pour s'acheter sa dose. A part braquer des bijouteries ou déménager des résidences secondaires, elle n'avait plus que la solution de l'appeler.

Ce qu'elle avait fait.

Il ne lui restait plus, à lui, qu'à poser ses conditions.

Ce qu'il avait fait aussi.

Le vent glacial, dehors, fit chanter encore une fois les branches des chênes.

« Il faut que je le fasse ! Je dois le faire ! » gémit intérieurement Caroline.

Elle comprenait à présent pourquoi il avait tellement insisté pour se rendre avec elle à Boisherpin. A Paris, elle aurait pu hurler, se sauver. Ici, c'était le désert complet. L'isolement absolu. Elle était nue et livrée à quatre hommes fous de désir. Et elle allait « y passer ».

Elle rameuta ses souvenirs du spectacle abject de la cassette porno de Ginette et plongea.

A Sainte-Marie de Neuilly, où elle avait fait ses études secondaires, on n'avait pas pensé à lui apprendre le genre de chose qu'elle était en train d'essayer de faire. Elle y avait pris des cours de couture (nécessaires, lui expliquait-on, parce que toute future épouse digne de ce nom se devait de connaître les travaux ménagers pour ensuite diriger son personnel de maison). Mais pas des cours de fellation.

Des deux mains, elle avait saisi le membre à la base et le dirigeait vers ses lèvres. Elle ferma les yeux. L'idée de ce gland sombre effleurant sa bouche était insupportable. A la volonté, elle le fit tout de même pénétrer entre ses lèvres. L'homme eut une secousse des reins et, se portant en avant, s'enfonça dans sa gorge comme une brute. Elle faillit reculer, tellement ses mâchoires étaient distendues. Elle étouffait, à la limite de la nausée. Elle sentait l'air s'enfuir de ses poumons. Elle eut un brusque mouvement de révolte.

Mais, par-derrière, un autre des Noirs posa alors l'un de ses pieds nus au creux de ses reins. L'immobilisant. Tandis que son autre pied, nu également, la fouillait entre les fesses. Cherchant du gros orteil l'orifice minuscule et froncé de ses sphincters. Caroline s'affola. Elle se dit qu'il fallait qu'elle « finisse » l'autre le plus rapidement possible. Qu'ensuite elle aurait son argent et qu'elle partirait. Elle serait libre. Elle remonterait dans la Ferrari rouge de ses parents et elle filerait sur Paris.

Nuque battant en cadence, menton et bouche cognant contre la laine crêpée du pubis, à moitié asphyxiée, elle se mit à le secouer entre ses lèvres à toute allure. Tandis que l'orteil de l'autre, derrière, commençait à s'insinuer dans l'endroit le plus étroit et le plus intime de sa personne.

— Je ne devine vraiment pas, lança la voix de

Valéry, au-dessus de la table. Mes amis, vous êtes tous d'admirables comédiens !

A ce moment, au-dessous, l'engin que Caroline pompait avec l'énergie du désespoir sembla encore doubler de volume. Elle perçut une vibration profonde qui avait l'air de venir de la colonne vertébrale de son partenaire. Elle se dit que c'était presque fini. Il explosa en elle, l'emplissant jusqu'aux bronches d'un liquide chaud, bouillonnant.

Elle se rejeta en arrière et cracha, puis émergea de sous la table.

— Donne-moi le fric ! commanda-t-elle à Valéry.

Elle était plus belle que jamais, avec cette fureur et cette humiliation qui se mélangeaient dans ses yeux vert d'eau où dansaient des paillettes fuligineuses. Deux longues larmes sur ses joues avaient tracé de noirs sillons de rimmel. Ses lèvres, comme légèrement tuméfiées par l'exercice auquel elles venaient d'être livrées, paraissaient plus sensuelles encore que d'habitude.

— Tu ne vas pas nous quitter comme ça, ma chérie, émit enfin le jeune homme. Ce serait trop dommage. Surtout que nous sommes encore trois à ne pas avoir eu droit à...

Elle rejeta ses longues mèches blondes en arrière.

— Le fric ! fit-elle d'une voix qu'elle contenait mal.

— Non ! jeta nettement Valéry Brémard de Bouville.

Caroline se mit à vibrer de tout son long.

— Ordure ! cracha-t-elle.

Il épousseta posément une poussière sur le revers droit de sa veste croisée.

— Peut-être, reconnut-il. Mais tu vois comme la vie est mal faite : le rapport de forces est nettement en ta défaveur, non ? On est quatre et tu es seule.

Il ricana tandis que la folie du vent, dehors, recommençait à se déchaîner.

— Et on a la même envie tous les quatre.

Caroline ne parvenait pas à maîtriser le tremblement nerveux qui l'avait envahie.

— Donne-moi mon argent et laisse-moi partir, souffla-t-elle d'une voix presque suppliante. Ne sois pas si salaud, Valéry !

Il se détourna d'elle et examina les trois Soudanais qui venaient de se lever.

— Bon, dit-il, c'est pas sorcier de deviner lequel elle vient de sucer. C'est toi, Haïlé ?

Le seul qui avait débandé. Mais ça « s'arrangeait ». Rien qu'à regarder cette fille blonde et nue en train de se débattre, Haïlé commençait à remonter, dru et gonflé.

— Alors tant pis pour toi, reprit Valéry. Haïlé, tu passeras le dernier. C'est normal, hein ?

— Je ne veux pas ! hurla Caroline en reculant vers la porte.

Soudain, les trois Noirs et Valéry l'entourèrent.

— On va te laisser un bon souvenir pour ta première fois, promit l'héritier des Brémard de Bouville.

Des mains la palpaient, la fouillaient, cherchaient l'intersection de ses cuisses, se rencontraient dans le sillon de ses fesses.

— Vous êtes dingues, gémit Caroline. Vous êtes des ordures et des dingues.

— Tais-toi ! cria Valéry.

Il la gifla à toute volée. Caroline perdit l'équilibre et tomba sur la moquette.

Aussitôt un des Noirs fut sur elle. Il la retourna brutalement, l'allongea sur le ventre. Caroline essaya de se débattre.

— Tenez-la, demanda-t-il aux deux autres. Elle résiste, la garce.

Les autres se ruèrent. Clouée au sol par les poignets et les cuisses, jambes largement écartées, elle sentit la masse musculeuse du Noir l'écraser. D'une main, il plaqua sa paume sur sa bouche, la bâillonnant et l'obligeant en même temps à se cabrer. Des doigts de l'autre main il l'ouvrit, s'humectant à la pulpe de son sexe, forçant de l'index le puits palpitant de ses reins.

— Une vierge ! gueula-t-il. Merci mon Dieu ! Une vierge ! Une Blanche ! Une pucelle !

Il s'enfonça en elle d'une formidable poussée, déchiquetant d'un seul coup le sceau de la virginité. Les ongles enfoncés dans la moquette, Caroline se dit qu'elle allait s'évanouir.

Elle ne s'évanouit pas. Ils la violèrent l'un après l'autre, recommencèrent, disposant d'elle comme une poupée qu'ils plaçaient dans la position souhaitée puis pénétraient. Partout. Dans la bouche, les reins, le ventre. Caroline n'arrêtait pas de sangloter. Elle avait l'impression d'être devenue une sorte de machine à recevoir des membres monstrueux qui la perforaient, allaient et venaient en elle tandis que les autres tortionnaires, autour, rugissaient d'excitation.

Elle ne se débattait plus. Ils ne songeaient plus non plus à la maîtriser, tandis que l'un d'entre eux la possédait. Elle était devenue soumise, docile. La parfaite petite esclave que les trois Africains rêvaient. Un retournement des rôles idéal, merveilleux. La revanche sur des siècles d'esclavage et de soumission de leur race.

A un moment, Haïlé, celui qu'elle avait sucé tout à l'heure sous la table, s'abouta derrière elle, la redressa en la soulevant par les hanches et la mit à quatre pattes. Puis, s'empoignant à pleines mains, il se guida dans l'humidité de son ventre autour duquel frisottait le halo de ses poils blonds.

Puis il se regarda encore une fois entrer et sortir, comme un puissant arbre noir, de cette paire de fesses blanches admirables et offertes.

— Avance ! Avance ! hurla-t-il en claquant sa croupe de la paume de la main droite comme si elle avait été une jument.

Ça le mettait hors de lui de se voir, énorme et sombre, aller et venir en propriétaire dans cette chair pâle et rose que chaque coup de boutoir faisait tressauter.

— Avance !

S'enfonçant en elle, il la faisait voyager à travers la pièce. Ils s'étaient rapprochés de la cheminée où les dernières flambées avaient laissé un monticule de cendres grises. Derrière, les autres éclataient de rire au spectacle de la jeune fille blonde, si fragile et si blanche, dont la respiration précipitée creusait les côtes, sous les assauts du Noir athlétique qui la massacrait. Ni celui-ci ni les autres ne la virent avancer la main vers la cheminée, et s'emparer d'un long ustensile qui traînait avec les autres accessoires dans l'âtre. Une fourchette à toasts. Avec trois dents très longues et très effilées.

Haïlé continuait à la défoncer avec des grognements de délice.

Un instant, Caroline se concentra, essayant d'oublier la souffrance que lui arrachait l'espèce de marteau piqueur déchaîné qui la déchiquetait jusqu'au fond du ventre. Le torse plaqué contre son dos, le Soudanais prenait maintenant appui d'une main à terre, tandis que son autre main martyrisait le sein gauche.

C'était cette main, plaquée sur la moquette, qu'elle regardait, se demandant si elle aurait le courage d'aller jusqu'au bout.

Quand elle se redressa au milieu du vacarme général et des cris de douleur d'Haïlé, elle sut que la réponse était « oui ».

La main du Noir était embrochée dans son milieu et des jets de sang dégoulinaient de trois blessures.

— La salope ! hurla Valéry.

Mais Caroline avait déjà arraché la fourchette à toasts. Elle la tenait maintenant contre le dos d'Haïlé, entre les omoplates. Le Soudanais émettait une plainte plus sourde à présent, en regardant sa main blessée.

— Si tu ne tiens pas à voir cette fourchette ressortir par-devant après lui avoir déchiré les poumons, annonça-t-elle à Valéry, tu as intérêt à aller me chercher mes vêtements tout de suite !

Partagé entre la panique et l'indignation de voir les rôles se retourner et la « fête » finir en queue de poisson, le jeune homme tenta de parlementer.

— Ecoute, Caroline, on voulait s'amuser un peu...

— Tu as entendu ce que j'ai dit ? cria Caroline. J'embroche ton copain si je n'ai pas mes fringues dans une minute.

Une minute après, elle avait ses fringues. Et encore deux minutes après, elle était rhabillée. Ça n'avait pas été vraiment commode, étant donné qu'elle tenait toujours Haïlé en respect, mais elle y était parvenue.

— Le fric, maintenant, émit-elle d'un ton menaçant.

Valéry devenait blême.

— Dans mon pantalon, indiqua-t-il en désignant ses propres vêtements roulés en boule sous un guéridon en marqueterie.

Poussant Haïlé devant elle, Caroline se dirigea vers l'endroit indiqué et fouilla le pantalon du jeune homme.

— Et le reste ? siffla-t-elle.

Elle tenait du bout des doigts un billet de cinq cents francs. A peine le tiers de ce qu'il lui fallait pour se payer sa dose quotidienne.

Valéry se décomposa.

— C'est tout ce que j'ai.

Elle commençait à comprendre.

— Espèce de raclure, cracha-t-elle. Tu n'as jamais eu l'intention de me payer, hein ? C'est ça ?

Ses yeux foncèrent.

— Et tes copains ? reprit-elle. Ils n'auraient pas de quoi faire l'appoint par hasard ? Ils se sont bien amusés, non ? Il va falloir payer, maintenant !

Les deux Africains encore valides se regardèrent.

— On a laissé tout notre argent à Paris, avouèrent-ils.

Elle réfléchit rapidement. De toute façon, elle n'avait aucun moyen de les fouiller et la fourchette à toasts ne constituerait pas éternellement une dissuasion efficace. Même si elle en avait amoché un, il en restait encore trois qui, reprenant leurs esprits, allaient avoir très envie de lui faire payer ce qu'elle venait de faire subir à leur acolyte. Et alors la valse recommencerait. En un peu plus sauvage si possible...

— Bon, émit-elle enfin. Les minables, reculez jusqu'au fond de la pièce pendant que je sors.

Elle poussa Haïlé en avant. Il n'en revenait toujours pas, de voir sa main transformée en morceau de brochette bien saignant.

— Toi, tu viens avec moi jusqu'à la voiture, dit-elle. Et ne déconne pas si tu as envie de revoir un jour ta patrie !

***

Elle fit rugir le moteur de la Ferrari et claqua la portière.

— Tchao, ordure ! jeta-t-elle.

Le Soudanais blessé s'était laissé tomber sur un talus, en bordure d'allée. Il avait tellement mal que le froid de la neige contre ses fesses nues ne le tira pas de la contemplation de sa main embrochée. Le vent continuait à houspiller les hautes futaies des chênes du parc. Des plaques blanches couvraient les pelouses, souvenir des dernières chutes de neige. Une lourde brume mauve flottait à la base des troncs des arbres et fumait dans le double pinceau des phares.

Caroline projeta la fourchette à toasts par la fenêtre de la voiture.

— Souvenir, annonça-t-elle.

Puis elle s'arracha à l'allée couverte de feuilles mortes gelées qui craquèrent sous ses pneus.

C'est seulement cinq kilomètres plus loin, quand elle aperçut le premier panneau indiquant Paris, qu'elle ressentit au centre d'elle la puissante douleur qui ne cessait d'irradier depuis qu'ils avaient commencé à la violer.

Elle était déflorée. Elle avait subi les outrages les plus abominables. Elle avait été pénétrée partout par quatre hommes ivres de leur force et sûrs de l'impunité. On l'avait prise sans tendresse, sans amour, sans douceur.

Elle savait tout maintenant des choses du sexe.

Tout sauf le plaisir.

Et en plus, elle n'avait même pas l'argent promis. Rien qu'un ridicule billet de cinq cents francs qui ne lui permettrait même pas de s'acheter sa dose.

La dose que réclamait maintenant son corps de plus en plus furieusement, entre deux élancements de souffrance de son ventre déchiré. La dose miraculeuse. La piqûre d'oubli.

Comme tous les grands drogués, Caroline ne savait plus ce que c'était que la volonté. Depuis longtemps. Chaque matin, elle se réveillait en manque. Chaque matin, ses nerfs, son cerveau, ses organes, lui rappelaient qu'ils étaient imprégnés du souvenir délicieux de l'héroïne. Et qu'ils en redemandaient. Qu'il leur fallait à nouveau leur ration de plaisir. Quoi qu'il arrive.

Sur l'autoroute, elle pilotait la Ferrari comme une somnambule. La tête ailleurs. Se demandant comment trouver l'argent à présent. Pour s'acheter sa came. Refaire le plein. Et se piquer. Se piquer à en tomber raide.

Il était plus de vingt heures quand elle aperçut le halo orangé qui enveloppe Paris.

Elle n'avait trouvé aucune solution.

CHAPITRE III

A la même heure, au cœur de la ville, une silhouette de fauve musculeux aux épaules trapézoïdales s'étirait au milieu d'un lit défait, dans une chambre de célibataire où un vieux fauteuil Voltaire venu des Puces et une chaîne hi-fi formaient à peu près le seul et unique ameublement.

Le fauve musculeux se retourna sur lui-même, tâtant de la main gauche la partie vide du lit, à côté de lui. Puis, constatant qu'en effet il n'y avait personne, il se décida à ouvrir les yeux.

— Ghislaine ? émit-il à mi-voix.

De la cuisine, au fond du studio, lui parvint la réponse.

— Déjà réveillé ?

— Il est quelle heure ?

— Vingt heures trente.

— Hein ?

Ghislaine Duval-Cochet réémergea de la cuisine, et l'homme la contempla avec un sourire tendu.

— J'étais en train de faire chauffer du café, expliqua-t-elle.

Elle était mieux que nue. Déshabillée. Elle avait enfilé une des chemises de Boris, en sautant du lit, mais elle n'avait rien en dessous. Ce qui fait qu'au nuage de ses cheveux blonds ébouriffés répondait, en bas, au-dessus de l'intersection de ses longues cuisses à la fois pleines et musclées, un autre nuage tout aussi blond mais parfaitement triangulaire, lui, une toison de vraie blonde de partout, scrupuleusement épilée aux aines de manière à ne laisser échapper aucune mèche intempestive, quand elle s'exhibait sur les plages avec les maillots qu'on fait aujourd'hui, plutôt très « décolletés »...

Elle en portait d'ailleurs un de ce genre pas plus tard que l'avant-veille encore, puisqu'elle rentrait tout juste d'un séjour d'une quinzaine à la Réunion où le soleil lui avait laissé cette couleur vernissée de pain brioché qu'on pouvait suivre jusqu'à la lisière, justement, de la marque du slip.

Il l'embrassa du regard en sentant un revenez-y de désir lui crépiter au bout de l'épine dorsale, rien qu'à la regarder. Ghislaine... Sa « vieille » amie... Sa complice de tant d'années. Sa réplique en féminin. Presque sa femme. Mieux que sa femme.

— Dis-moi... commença-t-il.

— Oui ?

Il avança les doigts vers sa toison qui dépassait, sous la chemise.

— On a baisé, tout à l'heure ?

Elle le fusilla du regard.

— Salaud ! Tu ne te souviens pas ?

Il émit un léger soupir.

— Rien ! Ce qui s'appelle rien !

— Cochon, fit-elle tendrement.

— Ecoute... On avait bu, non ?

— Tu peux dire que tu étais bourré, reconnut-elle.

— Je n'irais pas jusque-là, mais tout de même...

Elle avança un peu. Histoire d'offrir de plus près son pubis aux doigts qui jouaient dans les boucles, l'exploraient, descendaient lentement vers des moiteurs de chair secrètes, toujours aussi troublantes pour lui, malgré les années qui avaient passé.

— En tout cas, ça te réussit, de ne pas te souvenir,

constata-t-elle en regardant ce qui s'érigeait au centre de son ventre à lui.

Un pieu. Un vrai pieu superbe et volumineux qui montait progressivement, gagnant en volume seconde par seconde.

— On ne se refait pas, dit-il, modeste.

Elle s'arracha au spectacle de ce phénomène de vaso-dilatation bien connu sous le nom d'érection...

— Alors, j'étais comment ? demanda-t-il.

Elle se recula.

— Tu n'as qu'à te rappeler, lança-t-elle. On n'a pas idée d'être aussi mufle !

En même temps son regard démentait ce qu'elle disait. Elle enveloppa des yeux la silhouette de l'athlète dont les boucles brunes mêlées de rares fils blancs la mettaient toujours au bord de hurler de tendresse. Boris. Boris Corentin... Pour des tas de gens, à commencer par son chef le commissaire divisionnaire Badolini, et son coéquipier de toujours, l'inspecteur principal Brichot, c'était l'inspecteur divisionnaire Corentin. Flic vedette des Affaires Recommandées, le top du top de la Brigade Mondaine. Quinze ans d'exploits en tous genres, de dangers évités de justesse, d'arrestations triomphales. D'actes d'héroïsme pour la plupart restés inconnus du grand public.

Mais pour elle c'était Boris. Son amant. Son complice. Son compagnon pour le meilleur et, si possible, pas pour le pire. Aussi célibataire qu'elle, sinon plus. Aussi vacciné contre les tentations de la vie commune et de l'usure du plaisir dans la cohabitation quotidienne. Aussi farouchement jaloux de son indépendance. Et aussi profondément, tendrement attaché à elle qu'elle l'était à lui.

— Viens, murmura-t-il en essayant de la rattraper.

Elle recula encore.

— Pas question, lâcha-t-elle. Ce sera ma punition. Tu n'avais qu'à te souvenir !

Elle se campa au milieu du studio. Deux gros seins bien droits tendaient la chemise d'homme.

— D'ailleurs j'avais envie qu'on fasse un tour dehors, tous les deux, histoire de s'oxygéner, dit-elle.

Elle regarda sa montre Cartier.

— Toi, tu as une idée derrière la tête ? murmura-t-il.

Il se sentait encore un peu alourdi par le sommeil. Ça faisait combien d'années qu'il n'avait pas eu l'occasion de se prélasser au lit, comme ça, en pleine journée ? Mieux valait ne pas compter. Après tout, il ne l'avait pas mal employé son jour de récupération libéralement octroyé par Charlie Badolini, patron de la Brigade Mondaine. Même si Ghislaine s'acharnait à rester dans le mystère le plus opaque, en ce qui concernait leurs « exploits » de tout à l'heure. Une journée à tout oublier, ça ne se refusait pas. A se laver de son monde quotidien, celui du Quai des Orfèvres, des dingues en tous genres, des pervers de tous gabarits, et aussi de la paperasse, des telex, des planques, des rapports de synthèse à rédiger et à taper... Vingt-quatre heures à se laver, en somme, de sa vie « normale ».

— Alors ? demanda-t-il.

— Tu as entendu parler du Carnaval du Palais Royal ?

— Un peu, avança Boris.

— On va y faire un tour ? demanda Ghislaine. Bon, ça sera pas Rio ou Venise, mais ça nous changera les idées, non ?

Il rampa vers le bord du lit.

— Hé, dit-il. Je n'ai pas besoin de me les changer, moi, les idées ! Je sais très exactement de quoi j'ai envie !

Ghislaine recula vers le fond de la pièce.

— Pas question ! rit-elle aussi. Quand j'ai dit non, c'est non ! Tu te mettras la ceinture jusqu'à ce que j'aie décidé de lever la punition !

Boris la regarda.

— Mauvaise ! lui reprocha-t-il.

Elle haussa les épaules, ce qui eut pour effet de relever sa chemise et de découvrir complètement le buisson d'or, entre les plis de l'aine.

— On fait un saut chez moi pour que je me change, décida-t-elle, et on y va. OK ?

Elle le regarda qui boudait, assis au bord du lit.

— T'en fais pas, murmura-t-elle, je finirai bien par me laisser fléchir. C'est toi qui gagneras au bout du compte. Une fois de plus. Puisque c'est toi qui m'enfileras et me défonceras !

***

A l'instant où ils quittaient le studio de Boris Corentin, rue de Turbigo, dans un autre studio très loin de là ça carburait en accéléré dans une tête blonde de fille de dix-huit ans.

Caroline avait traversé Paris dans un état second, grillant un feu rouge sur deux, dépassant des voitures en troisième position, laissant la Ferrari de ses parents zigzaguer au milieu des avenues. Sur les trottoirs, la neige s'était durcie en une couche de glace scintillante sur laquelle les rares passants évoluaient avec des grâces de danseurs étoiles faisant des pointes sur un tapis d'œufs frais. Mais sur la chaussée où on avait jeté du sable, la neige se diluait en une infâme bouillasse noirâtre qui giclait en grandes gerbes contre les flancs des voitures.

Enfin, avenue de l'Observatoire, Caroline avait largué la Ferrari de ses parents n'importe où. Sur des clous. A moitié grimpée sur le trottoir. Et elle s'était ruée dans l'immeuble comme une folle. L'ascenseur l'avait conduite jusqu'au cinquième. Puis elle avait gravi quatre à quatre les dernières marches. Maintenant elle était chez elle, dans les deux chambres de bonne aménagées par son père en studio, l'année dernière, quand elle avait manifesté son désir d'un peu plus d'indépendance... Une immense photo de Sade —

prononcez Chadé — la Nigeriane de vingt-cinq ans qui vend actuellement des millions de disques à travers le monde, était la seule décoration du studio. Caroline, tempes battantes, grelottante de froid malgré la tiédeur de l'appartement, alla vers la platine et y plaça un disque. La voix « jazzy », gaie comme un requiem, de Sade Adu s'éleva dans la pièce. *Smooth Operator...*

Puis elle se précipita sous la douche et laissa la cataracte dévaler longuement sur son corps, debout, nuque en arrière, cheveux rejetés. Essayant de se laisser imprégner par l'eau tiède, comme si celle-ci allait la laver de ce qu'elle venait de subir. Les caresses. Les outrages. L'odeur de sueur de ces hommes en rut. L'humiliation du viol.

Et puis cette voix, au fond d'elle. L'appel du manque. Le cri du corps demandant sa dose de came. Une musique qu'elle commençait à connaître...

Elle se laissa soudain tomber au pied de la douche. Son cœur, eut-elle l'impression, avait manqué un battement. Sous la cataracte, elle se mit à se tordre sur elle-même en gémissant. Cela dura dix minutes. Puis, lentement, elle se releva. Elle tremblait de tous ses membres. Un peu d'écume coulait des commissures de ses lèvres. Une douleur irradiante, dans son ventre, partait en étoile vers ses terminaisons nerveuses. Elle avait l'impression qu'on l'avait écorchée lentement, savamment, sur toute l'étendue de son épiderme. A l'intérieur, ses organes étaient devenus des espèces de boules de feu.

Elle retourna dans sa chambre. Grelottante. La piqûre... Elle ne pensait plus qu'à ça. La piqûre ! Il lui fallait la piqûre. Ou elle allait mourir. Ou devenir folle. Ou se précipiter dehors, se ruer sur les gens, les mordre comme une bête enragée...

A la fois grelottante et brûlante, elle s'enveloppa de couvertures. Sa peau était aussi glacée que son sang était en feu. Elle se releva, alla chercher une bouteille de whisky et en descendit au goulot plusieurs gorgées.

Cinq minutes plus tard, elle se ruait dans la salle de bains et vomissait en sanglotant.

Il n'y avait rien à faire, il lui fallait sa dose.

Progressivement, à la volonté, elle réussit à réprimer ses claquements de dents convulsifs. Puis le bloc de poivre en feu dans son estomac sembla s'atténuer un peu. Elle avait toujours atrocement froid aux bras et aux jambes. Mais elle pouvait se déplacer. Elle marcha à nouveau vers la salle de bains et s'appuya au lavabo en désordre. De la racine de ses cheveux, dévalaient de grosses gouttes de sueur froide.

Un quart d'heure plus tard, maquillée, habillée, emmitouflée dans son manteau de fourrure rousse, elle se retrouvait à nouveau dehors sur le trottoir de l'avenue de l'Observatoire. Elle leva la tête vers le ciel parfaitement pur et glacé de la nuit. Les branches des marronniers se découpaient, soulignées par le trait blanc de la neige qui les alourdissait.

— C'est la seule solution, pensa-t-elle. La seule.

Elle secoua longuement la tête.

— Il n'y a pas à hésiter.

Cette fois, elle décida de ne pas reprendre la Ferrari. Trop dangereux dans l'état où elle était.

A pied, elle gagna le boulevard Saint-Michel. Sous les talons de ses bottes en chevreau, la glace des trottoirs craquait dans un bruit de cartilages broyés.

La fille unique d'un des hommes les plus influents de la caste dirigeante actuelle, un de ces hommes qui ont, comme on dit, l' « oreille » des princes qui nous gouvernent, avait pris sa décision. Irrévocable.

Elle allait se vendre.

***

L'idée, impensable la veille encore, venait de s'imprimer dans son esprit avec une netteté d'eau-forte. Qu'est-ce qu'elle avait à perdre maintenant que, de force, elle avait perdu sa virginité ?

Par la suite, elle se demanda combien de temps elle avait marché. Elle avait aussi oublié toute notion du temps. Elle allait devant elle comme un automate. Serrant d'autant plus fort son manteau sur sa poitrine que, dessous, elle ne portait rien. Ou presque.

Rien qu'un soutien-gorge noir où pointaient ses magnifiques seins aux terminaisons rose framboise. Et un mini-slip également noir d'où débordaient les premiers duvets blonds de son pubis. Elle avait fait un crochet par l'appartement de ses parents, au deuxième étage, pour y dénicher dans le tiroir de la commode où sa mère rangeait ses affaires une paire de bas résille et des jarretières de même couleur qui, sur ses longues cuisses blanches, dessinaient deux minuscules serpents voluptueux.

Elle s'était habillée en pute. Comme elle imaginait que toute professionnelle qui se respecte doit être attifée. Elle était parée pour l'attaque.

Quand elle eut traversé les Halles et qu'elle se retrouva rue Saint-Denis, elle comprit avec stupéfaction qu'une part d'elle-même était malgré tout restée lucide puisque, sans s'en rendre compte, elle était parvenue où elle voulait. Là où elle savait que se déroulait chaque nuit le grand rodéo de la prostitution parisienne. Il y avait aussi le bois de Boulogne, bien sûr. Mais un reste d'innocence et de peur l'avait poussée à préférer la rue Saint-Denis.

Elle eut un ultime instant d'hésitation.

Des douleurs lancinantes dans l'estomac et aux reins lui rappelèrent pourquoi elle était là, au cas où elle l'aurait oublié. En plus, il y avait ces pointes de feu qui lui transperçaient la tête par saccades. Il lui fallait sa piqûre. Son « fixe ». A n'importe quel prix. Les quelques heures d'euphorie illusoire avant un nouveau manque, et une nouvelle quête au fric et à la piqûre. Et ainsi de suite. Jusqu'au bout. Jusqu'à la fin. Jusqu'à la folie ou la mort...

— Qu'est-ce que tu fous là ?

Elle vira du buste. La voix était rauque, étrangère. L'accent déformait les syllabes, mais la fille se faisait parfaitement comprendre. Et le message qu'elle tenait à lui communiquer était tout sauf accueillant.

Sans bien s'en rendre compte, Caroline s'était arrêtée devant un porche d'immeuble et avait entrouvert son manteau timidement. Les néons des sex-shops et des live-shows fardaient la rue de plaques rouges, vertes, bleues. Sur la chaussée, les voitures roulaient au pas, tandis que les trottoirs étaient envahis par des armées d'hommes seuls qui jaugeaient plus ou moins furtivement les filles au passage.

Celle qui venait d'accoster Caroline était comme elle enveloppée d'un manteau de fourrure. Avec dessous, rien qu'un string blanc qui coupait sa somptueuse silhouette d'ébène vivant. Inconsciemment, Caroline nota le rouge écarlate qui maquillait les pointes de ses seins drus, très haut perchés.

— Tu es sourde ? Tu réponds quand on te parle ?

Une Ghanéenne. Celles qui tiennent aujourd'hui le haut du pavé dans le quartier de la prostitution parisienne.

— Elle vient nous voler notre bitume ! fit une autre derrière Caroline.

Elle se retourna. Quatre filles se rapprochaient. Toutes également noires. Caroline, soudain, eut peur.

— Non ! fit la jeune fille d'un air égaré. Vous ne comprenez pas. Je ne veux pas...

— Fous le camp ou on t'éclate la gueule ! jeta celle qui lui avait parlé la première.

Caroline recula.

— Et tu n'as pas intérêt à revenir par ici. Jamais.

Elle battit en retraite. C'était la première fois qu'elle faisait connaissance avec les lois très particulières et précises du milieu de la prostitution. Un monde où on n'aime pas beaucoup les nouvelles venues.

Encore un truc qu'on n'avait pas pensé à lui apprendre à Sainte-Marie de Neuilly.

Il s'était remis à neiger.

Au carrefour de la rue du Louvre et de la rue Etienne-Marcel, Caroline hésita. Où aller ? Quelle direction prendre ? Elle ne savait plus. Depuis qu'elle avait été virée de la rue Saint-Denis, elle errait à travers Paris au hasard dans une espèce de bulle d'irréalité. Entre les choses et elle, s'interposait une unique obsession. La piqûre. La seringue. Le garrot en caoutchouc. La poudre qui fond dans la cuillère. La minuscule balance même qu'on appelle « trébuchet » et qu'elle avait chez elle pour peser les doses. Comme tous les toxicos, Caroline en était au point où les moindres détails de la « cérémonie » du fixe, du shoot, avaient une puissance érotique mille fois plus forte, mille fois plus envoûtante que tous les actes sexuels réunis.

— Tu verras, la drogue c'est comme quelqu'un qu'on aime, lui avait dit Ginette un jour. On n'en approche pas sans trembler de bonheur et, un peu, de crainte...

Elle était comme sur une autre planète. Les passants la croisaient, la bousculaient et elle n'y faisait pas attention. Au fur et à mesure qu'elle avançait, néanmoins, le flot des gens sur les trottoirs se faisait plus dense. Elle ne s'en rendait pas compte. Comme elle ne s'apercevait pas que beaucoup d'hommes et de femmes portaient des masques, de grandes capes, d'étranges costumes bariolés. Insensiblement, elle se laissait entraîner par la cohue, portée par la foule de plus en plus agitée d'où jaillissaient des rires, des cris. Paris, cette nuit, ne ressemblait pas à la ville plutôt morne qu'elle était habituellement. Mais Caroline n'avait plus du tout les moyens intellectuels de se le dire. Elle se laissait ballotter, à moitié dans les vapes, concentrant tout ce qui lui restait de lucidité pour lutter contre l'espèce de douleur de plus en plus insupportable qui lui vrillait le ventre.

Comme une main griffue qui aurait serré ses organes progressivement, impitoyablement.

Un envol de mousselines noires et roses la bouscula. Quatre filles. La moitié du visage camouflé sous un loup de velours et le reste du corps enveloppé de voiles qui s'envolaient gracieusement à chaque pas. Caroline les regarda vaguement. Rien ne l'étonnait plus. On lui aurait dit qu'elle avait débarqué sans s'en rendre compte sur la scène de l'Opéra au beau milieu des figurants costumés, en pleine représentation du *Trouvère* de Verdi, elle aurait consenti à le croire, à la rigueur.

Des gosses filaient, traversaient les rues, déguisés en héros futuristes de BD. En Superman de science-fiction. Ou plus simplement en Zorro. Des rafales de musiques montaient de quelque part dans la nuit, à travers les flocons qui voltigeaient mollement. Elle reconnu vaguement un air d'*Accept,* le hard-rock germanique branché. Un « must » pour les amateurs de « heavy metal »... Plus elle avançait, plus la musique grandissait. Et plus les gens semblaient pressés d'arriver. Où ? Elle ne se le demandait même pas. Tout ce qu'elle savait, c'est qu'elle pataugeait dans la boue et la neige avec eux, communiant dans cette étrange hâte de parvenir à un but mystérieux, en cette nuit glacée de février.

Depuis qu'elle avait plongé de l'autre côté du miroir, dans l'univers parallèle de l'héroïne, elle ne se tenait plus au courant des festivités et des réjouissances du gai-Paris. Elle ignorait que la Ville-Lumière avait décidé de passer à l'attaque et d'essayer de rattraper son retard par rapport à Rio ou Venise en matière de Carnaval. Un retard qui a commencé en 1914. Voici plus de soixante-dix ans que les chars ne défilent plus dans les rues de la capitale et qu'on a perdu l'habitude de lancer des serpentins. Sans le savoir, cette nuit, Caroline était tombée en plein milieu de la première tentative sérieuse depuis 1914 de restaurer une tradition complètement oubliée.

Elle ne pensa pas à regarder la plaque au-dessus d'elle : rue de Valois. Suivant le flot des Parisiens, pour la plupart affublés en personnages de la *Comedia dell'arte,* elle se retrouva à proximité des grilles qui ferment la célèbre place du Palais-Royal. C'était là que ça se passait. Les galeries étaient chauffées et une grande tente était aménagée pour accueillir les plus frileux. Avec spécialités vénitiennes à déguster, orchestre et feu d'artifice prévu à vingt-deux heures. De la musique rugissait un peu partout. D'autres orchestres s'étaient installés sur l'immense place. De leurs énormes enceintes, jaillissait du hard-rock. Un peu plus loin, au fond, c'était du Vivaldi. Tradition vénitienne oblige.

Le long des grilles, c'était une cohue frénétique et joyeuse. Une bousculade surexcitée pour pénétrer dans l'enceinte des jardins. Certains avaient respecté jusqu'au bout la tradition et s'étaient costumés des pieds à la tête en réplique exacte des personnages qu'on aperçoit dans certains tableaux de Guardi représentant des scènes de Carnaval à Venise : grosses chaussures à boucles, capes noires, tricornes, et étranges masques blancs prolongés par d'interminables becs d'oiseaux de proie. Les filles étaient en marquises d'opérette avec robes en falbalas et décolletés plongeants. Ou en Arlequines, Colombines...

Hagarde, Caroline se laissait porter. Au-delà des grilles, elle apercevait des farandoles multicolores sur la place.

Brusquement elle sursauta. Quelque chose venait de s'appuyer contre elle, par-derrière, un contact insistant qui n'était certainement pas l'effet du hasard ou de la bousculade. Une pression chaude, continue, contre ses reins à travers le manteau de fourrure.

Pas besoin de lui faire un dessin.

Elle eut une réaction idiote. Une réaction remontée

du plus profond de sa bonne éducation de fille de la haute bourgeoisie. Elle qui, une heure auparavant, voulait se vendre au premier venu rue Saint-Denis, pivota des talons sur ses bottes en chevreau, main droite bien ouverte, prête à s'abattre sur la figure de « l'obsédé » qui lui faisait sentir, par un certain renflement charnu à hauteur du bas-ventre, qu'elle ne lui était nullement indifférente.

— Bonsoir, fit la voix.

La main de Caroline se bloqua. Qu'est-ce qu'elle était conne, quand même ! Incroyable ! Ce n'était pas avec des réactions de ce genre qu'elle allait ramasser l'argent dont son estomac martyrisé et ses reins torturés lui criaient qu'elle avait tellement besoin. Besoin à en crever !

— Qu'est-ce que vous voulez ? demanda-t-elle quand même d'une voix mi-figue mi-raisin où s'entendait encore un dernier reste de respectabilité.

— Tu es toute seule ? murmura l'autre.

Il était petit, à moitié chauve, et il « ramenait » trois mèches en travers de son crâne, soigneusement collées. Sans doute à la laque. Un loup de velours noir barrait une figure ronde entre trente-cinq et quarante ans. Pas antipathique. Pas sympathique non plus. Un type comme des milliers d'autres.

— Ça te regarde ? jeta Caroline, le tutoyant elle aussi.

— On pourrait prendre un verre ensemble ? murmura l'homme au loup de velours.

— Ça, c'est ce que j'appellerai une drague originale, ricana la jeune fille.

— Et si je te disais que j'ai envie de te brouter la chatte ? jeta l'autre du tac au tac. Tu trouverais ça plus à ton goût ?

Elle se figea. A deux mètres, dans la bousculade, des filles en crinolines, chatouillées par les hommes qui les accompagnaient, gloussaient des rires énervés.

— C'est déjà mieux, fit-elle. Mais ça va te coûter cher.

Il la scruta, sidéré.

— Une pute ? lâcha-t-il. Merde ! Je baise à l'œil, moi, d'habitude.

Alors, carrément, elle ouvrit son manteau.

— Ça vaut combien, tout ça, à ton avis ?

Il réprima un sifflement.

— Super ! apprécia-t-il. Mille francs, ça va ? C'est tout ce que j'ai.

Elle referma son manteau faisant redisparaître des tas de choses potelées plus soulignés qu'habillées par la dentelle noire du soutien-gorge, du slip et des bas résille à jarretières. Elle calcula rapidement. Celui-là terminé, elle reviendrait ici et en draguerait un autre. Encore une passe et elle aurait assez d'argent pour se ruer là où elle savait qu'elle trouverait ce dont elle avait besoin.

Elle sourit, ouvrant les lèvres sur une admirable dentition de fille de dix-huit ans. Avec les deux dents de devant légèrement écartées. Les « dents du bonheur »... Et un regard qui rendait son sourire bouleversant : à mi-chemin de l'attendrissement de l'enfance et de la sensualité de la femme naissante en elle.

— Ça ira, murmura-t-elle.

— On va chez moi ? proposa l'homme.

Elle secoua la tête.

— Pas question. On cherche un coin discret dans le quartier. Tu es pressé, non ? Eh bien, moi aussi.

L'épreuve du viol qu'elle avait subi à la fin de l'après-midi, les ravages de la souffrance dus à la privation, n'arrivaient pas à l'enlaidir. Elle restait merveilleusement fraîche et jeune avec sa longue chevelure éblouissante. L'autre la regardait, incrédule. Même pour mille francs, c'était trop beau. Presque un cadeau.

— Je connais un endroit, dit-il. Un passage. A cette heure-ci il n'y aura sûrement personne.

Elle frissonna.

— Vite, dit-elle.

Il se rengorgea, presque fier. Essayant de croire que cette blonde bien trop belle pour lui en avait vraiment envie.

Elle, elle était de l'autre côté du monde. Aux antipodes. Se projetant déjà, comme un film, ce moment merveilleux où la drogue si douce allait couler dans ses veines et où, en quelques instants, elle retrouverait son paradis. Son bonheur. La Déesse Héroïne.

C'était, sous les verrières mal éclairées, une boutique d'un autre âge à montants de bois vert écaillé où on fabriquait des cartes de visite. Caroline s'était appuyée, comme il voulait, contre la porte. A moitié engagée dans le renfoncement.

— L'argent ? avait-elle dit d'abord.

— Tu ne perds pas le nord, toi ! ricana l'autre.

Il regarda les deux billets de cinq cents francs se chiffonner dans la main fine de la blonde.

— Pour ce prix-là, je te fais ce que je veux, hein ? On est bien d'accord ?

Caroline lui tournait le dos. Serrant toujours les billets dans sa main droite. Face contre la vitrine noire de la boutique de cartes de visite.

— Dépêche-toi, souffla-t-elle.

Maintenant qu'elle avait l'argent, elle ne songeait plus qu'à une chose : retourner au Palais-Royal, draguer un autre type, et réunir enfin la somme nécessaire, le chiffre magique qui lui ouvrirait les portes de l'oubli...

Trente secondes plus tard, fesses ouvertes en grand, slip baissé à mi-cuisses et manteau de fourrure retroussé sur les reins, elle sentait le membre de l'homme effleurer le sillon de sa croupe. De part et d'autre de ses hanches, deux mains épaisses trituraient le gras de sa chair, la maintenant solidement dans le bon angle.

Son premier « client »... Ce matin encore elle était vierge. Et maintenant ses fesses parfaites de fille de dix-huit ans s'ouvraient sous la pression des deux mains d'un mâle inconnu qui les écartaient. Un instant, son esprit fila vers ses parents, là-bas, en Suisse, dans le confort de leur palace... A mille lieues d'imaginer l'enfer dans lequel leur fille se perdait.

Soudain elle se cabra.

— Ça va pas ? hurla-t-elle. Pas ça !

Bloqué à l'intersection du sillon qui partageait sa croupe, le sexe de l'homme s'immobilisa.

— Pas question, glapit Caroline en essayant de se dégager. Pas par là. Non !

Sa voix résonnait, s'envolait vers les vitrages qui fermaient la galerie, en haut, rebondissait, roulait comme un tonnerre à travers le passage désert.

— Qu'est-ce qu'il y a ? balbutia l'homme en riant. Tu crois que pour mille francs, tu vas m'empêcher de t'en...

Elle s'était redressée et se débattait comme une furie.

— Fous le camp ! hurla-t-elle.

— Si c'est comme ça...

Elle ne vit même pas le geste. Il l'avait saisie au poignet droit et lui avait fait ouvrir la main. L'instant d'après, les deux billets de cinq cents francs étaient retournés dans la poche de leur propriétaire.

— Salaud ! rugit Caroline.

— Tu vas te taire ? grinça l'autre.

Il avait levé la main pour la gifler. Mais une poigne, par-derrière, bloqua son bras en plein élan.

— Ça suffit, dit une voix dans son dos. Qu'est-ce qui se passe, ici ?

***

Finalement, comme l'avait prédit Ghislaine Duval-Cochet, c'était Boris qui avait gagné. A peine arrivés sur la place du Palais-Royal, ils avaient pu constater que, pour l'ambiance carnavalesque genre Rio ou Venise, Paris avait encore du chemin à faire. Ils avaient rebroussé chemin, cherchant un coin discret dans le quartier pour « refaire connaissance » après la légère dispute de tout à l'heure.

Et ils avaient découvert le passage Véro-Dodat, à deux pas du Palais-Royal, une longue et sombre galerie vitrée qui relie la rue Croix-des-Petits-Champs et la rue Jean-Jacques-Rousseau.

Seulement, à peine Boris avait-il commencé, à grands coups de reins, à la prendre contre la vitrine miroitante d'un bottier, qu'un vacarme frénétique éclatait.

— Ah non ! protesta Ghislaine. Continue.

Une voix de femme s'égosillait. Une voix de fille qu'on essaie de violer, qui n'aime pas ça et qui proteste.

— J'y vais, décida Boris.

— C'est toujours comme ça, gémit Ghislaine. Au meilleur moment.

Il s'était dégagée.

— Excuse-moi, sourit-il, je suis flic.

C'est exactement ce qu'il était en train d'expliquer à l'homme au loup de velours dont il venait de bloquer le poignet.

— Bon Dieu ! glapit l'autre. Qu'est-ce que vous croyez ? Je ne la violais pas !

Un grand type brun athlétique surgi de nulle part, un blouson de cuir noir zippé de partout, venait d'exhiber sa carte plastifiée barrée de tricolore. « Inspecteur Divisionnaire Corentin », il avait annoncé.

— C'est une pute, ajouta le chauve, toujours furieux.

La « pute » en question renfilait précipitamment son slip noir.

Au passage, en un éclair, Boris aperçut le nuage d'or de son pubis. Elle releva la tête. Une blonde parfaite avec une peau abricot admirable. Un nez à l'arête droite. Des sourcils interminablement étirés. Des yeux très écartés l'un de l'autre qui semblaient s'envoler vers les tempes. Sans grandiloquence, une incarnation assez exacte de la Beauté absolue.

— Si on ne peut plus baiser des putes ! glapit l'autre.

— Retirez ça, grogna Corentin en montrant le loup de velours. Ça me fait loucher.

Un bruit de talons claquant sur le pavé de la galerie le fit se retourner. La blonde s'enfuyait en galopant. Il hésita un instant à la poursuivre et y renonça.

— Vos papiers, demanda-t-il à l'homme.

Ghislaine, après s'être rajustée, se rapprochait. Ruminant des sentiments mélangés de frustration et de colère. Si sa vie était à refaire, elle ferait un détour chaque fois qu'on lui présenterait un flic. Surtout balancé en dieu du stade comme Boris, qui était, en plus, une sorte de sosie à peu près parfait d'Alain Delon...

Vladimir Dumézil, éclairagiste dans un théâtre du boulevard des Capucines, rongeait son frein.

— Je m'en souviendrai ! lâcha-t-il. Vous vous rendez compte ? Elle m'a demandé mille balles ! Pour ce prix-là, je croyais que je pouvais la...

Il s'interrompit rapport à la blonde époustouflante qui approchait. Une sorte de réplique, en plus mûre, de celle qu'il n'avait pas pu enc... Comme il avait failli dire...

La blonde incendiaire se pendit au bras de Boris Corentin.

— Je dois me considérer comme placé en garde à vue ? interrogea Vladimir Dumézil.

Boris soupira.

— Ça va, dit-il, vous pouvez filer.

L'autre, soulagé, eut un petit rire gras.

— Ça aurait pu être pire, notez. Heureusement que

j'ai repris mon fric, quand j'ai vu qu'elle protestait. Au moins je n'aurai pas tout perdu.

Les mâchoires de Boris se serrèrent.

— Je vous ai dit de filer, grogna-t-il.

Quand il eut disparu, Ghislaine se pressa contre Boris Corentin, l'enveloppant du parfum dont son long manteau couleur fauve était imprégné.

— Jaloux ? murmura-t-elle.

— De quoi ? lâcha-t-il.

Elle sourit.

— La blonde. Tu crois que je ne connais pas tes goûts ?

Boris haussa les épaules.

— C'est une prostituée, souffla-t-il.

Elle eut une moue.

— N'en a pas l'air. Je l'ai vue passer tout près de moi. Manteau de vison dark allongé scandinave. Trente-cinq mille francs chez Saint-Laurent.

— Hein ?

— Je dis qu'une pute qui se paye un manteau de trente-cinq mille francs, ça ne court pas les rues. Surtout à son âge. Tu oublies que je m'y connais en fringues puisque c'est mon métier. Elle était plutôt très bon chic bon genre, ta prétendue tapineuse... Ou alors, elle fait ça par vice. Je veux dire, par masochisme de classe. Pour s'humilier. Ou humilier à travers elle ses parents... Ça arrive, ces trucs-là, tu sais, Boris... Ecoute la voix de ta régulière, elle a de l'expérience !

Boris sourit.

— Pas bête, ton petit exercice de psychologie appliquée. Mais je crois que c'est plus simple que ça. Ou pire. C'est une droguée.

Il toussota.

— Une droguée en manque.

— Comment tu as vu ça ?

Il eut un pâle sourire.

— Tu oublies que je suis un peu spécialiste, moi

aussi, dans mon genre ? La BSP (1), ça te dit quelque chose ? Drogue et prostitution, ça va souvent de pair... Je suis prêt à parier que cette ravissante blonde d'à peine vingt ans en train de se vendre pour acheter sa dose.

Il fit jouer ses mâchoires. Songeant à l'espèce de vulnérabilité étrange qu'il avait perçue au vol, dans son regard. Quelque chose de malade, tout au fond de son éblouissante fraîcheur. De malsain. Presque de pourri.

— Et qu'un jour, rumina-t-il, on la retrouvera peut-être en train de claquer, par terre, dans les toilettes d'un bistrot. Ou agonisante dans un terrain vague après avoir essayé de se faire une piqûre dans le blanc de l'œil. Avec sa seringue et sa petite cuillère à côté d'elle...

Il se tut, sombre. C'était justement là-dessus que lui et Brichot étaient en train de plancher, depuis quelques jours. Une « balance » qui avait accepté de donner le nom de son fournisseur. Qu'il s'agissait à présent de « serrer » (2). Une opération de routine. Qui épargnerait peut-être la vie de quelques clients potentiels. Les derniers chiffres étaient effrayants. Un million de drogués, à peu près, en France à l'heure actuelle. Dont vingt-cinq pour cent qui ont entre quinze et vingt ans ! Et aucun milieu social n'est épargné : si cinquante-trois pour cent des camés sont fils d'ouvriers ou d'employés, quarante-cinq pour cent sont fils de cadres moyens ou supérieurs, ou d'industriels, de professions libérales. Tels étaient les chiffres. Implacables.

— Qu'est-ce qu'on fait ? dit Ghislaine qui sentait Boris repris par des pensées professionnelles.

Il se secoua.

— On rentre.

Il l'enlaça.

— Et on essaye d'oublier toutes ces horreurs. Je ne

(1) Brigade des Stupéfiants et du Proxénétisme. Le nom actuel de l'ancienne Brigade mondaine.

(1) Arrêter, en argot de policiers.

m'inquiète pas : elles attendront bien jusqu'à demain matin ! Elles attendent toujours...

*
**

Boris n'avait pas tout dit à Ghislaine à propos de l'enquête sur laquelle Charlie Badolini venait de les mettre. Pas tout à fait une histoire de drogue. Pas seulement. Si ça n'avait été qu'une malheureuse enquête sur des trafiquants de came, leurs collègues des Stups auraient été tout indiqués. Aux affaires Recommandées de la Brigade Mondaine, la section des as du Quai des Orfèvres, on traitait des cas beaucoup plus délicats et tordus. Et celui-là, à première vue, entrait dans cette catégorie. Tout avait commencé la semaine dernière par la découverte du cadavre d'une fille de vingt ans, une certaine Nathalie Mélinian, dans un terrain vague, en bordure de l'autoroute du Nord, à une cinquantaine de kilomètres de Paris. Même comme ça d'ailleurs, l'affaire n'aurait peut-être pas dépassé les compétences policières locales. Mais si Boris Corentin, cette nuit, n'arrivait pas à trouver le sommeil à côté de Ghislaine, dans son studio de la rue de Turbigo, c'est que l'affaire était tout de même assez corsée...

Sous sa robe, la fille avait le corps marqué de coups et de brûlures. Avec des traces de piqûres un peu partout. Aux bras et aux chevilles surtout. L'Institut Médico-Légal était formel : elle avait succombé à une overdose d'héroïne.

Mais elle avait été également violée. Partout où on peut violer une femme. On s'était acharné sur elle avant et après sa mort.

Ça pouvait signifier n'importe quoi, mais la première hypothèse qui venait à l'esprit était qu'on avait abusé de la malheureuse en profitant de son besoin de came. On avait dû lui promettre une dose en échange de certaines complaisances, et la petite fête avait mal tourné. On avait jugé que les sévices l'avaient trop marquée et qu'il fallait la liquider. Ou bien c'était elle qui s'était infligé une overdose par désespoir. Ou encore, c'était purement et simplement un accident.

De toute façon, une fille battue, violée, et trouvée morte dans un terrain vague après un trip corsé à l'héroïne, on pouvait difficilement imaginer plus « Mondaine » comme affaire. C'est d'ailleurs ce qu'avait conclu Badolini en leur confiant le dossier.

Au départ, à part l'adresse de Nathalie Mélinian, ils n'avaient rien. Ce qui s'appelle rien. La vie de la disparue pouvait se reconstituer assez facilement, rien qu'à visiter son studio, avenue de Clichy, une pièce minuscule qui donnait sur le chemin de fer de ceinture exactement à hauteur des fenêtres. Comme vis-à-vis, on ne pouvait pas imaginer plus gai.

Boris se leva. D'un appartement lointain, probablement dans l'immeuble d'à côté, montait un bruit étouffé de musique de rock. Il alla vers la cuisine et y avala un verre d'eau. La vie de Nathalie se résumait en deux lignes. Dactylo dans une boîte, standardiste dans une autre. Et puis le plongeon à pic. La chute au fond du gouffre. Le chômage, l'ANPE. Et la découverte des consolations éblouissantes et mortelles du flash. De l'héroïne.

Et la quête incessante de l'argent. La vulnérabilité, par conséquent, à toutes les propositions qu'on pouvait lui faire. Même les pires. Celles au bout desquelles il y a l'enfer et la mort.

Dans son studio, coincé derrière la glace du cabinet de toilettes, au-dessus du lavabo, ils avaient découvert un petit bout de papier froissé sur lequel il y avait un numéro de téléphone ainsi qu'un nom et un prénom : Brice Lucas. Corentin s'était emparé du document avec l'énergie d'un noyé qui saisit n'importe quoi qui passe à sa portée pour ne pas sombrer. Comme piste, c'était mince, mais on ne pouvait pas faire le difficile.

Nathalie Mélinian devait se méfier de sa propre mémoire. C'est pour ça qu'elle avait noté le numéro de téléphone le plus précieux qu'elle connaissait : celui de son dealer habituel. Corentin avait assez rapidement retrouvé son adresse mais il ne l'avait coincé à son domicile que la veille : Brice Lucas venait juste de rentrer de Marseille où il avait passé deux mois.

C'est même ce séjour dans le Midi qui lui avait permis d'être immédiatement mis hors de cause dans l'affaire de la mort de Nathalie. Consultés, les collègues de Marseille avaient confirmé sa présence sur la Côte d'Azur. Lucas avait même l'alibi le plus solide qui soit : il avait passé quinze jours derrière les barreaux pour une affaire de coups de poing avec des proxénètes nord-africains dans un bar de la Canebière.

A part ça il était tout prêt à essayer de sauver les meubles en devenant une « balance ». La mort de Nathalie Mélinian dégageait une forte odeur de came. Corentin et Brichot n'avaient pas craché sur les informations que Lucas proposait de leur donner en échange de sa liberté. Il était prêt à tout déballer de ce qu'il savait sur certains trafics juteux. Malheureusement, il ne savait pas grand-chose : Lucas n'était rien qu'un petit dealer minable. Mais au point où en étaient Corentin et Brichot, ils ne pouvaient pas se montrer difficiles.

Il revint dans la chambre et se glissa dans le lit en faisant attention à ne pas réveiller Ghislaine. Puis il se tourna vers le mur et chercha le sommeil.

— Tu crois peut-être que je dors ? fit une voix rauque et basse derrière lui.

Puis il sentit le corps chaud de sa maîtresse se couler contre lui, ses seins à la fois lourds et fermes, ses longues jambes musclées, et son ventre dur et rond dont la forêt touffue et parfumée se frottait à lui.

— Il ne faut pas réveiller les dames quand on n'est pas capable de les sauter ! reprit la voix de Ghislaine.

L'instant d'après, ils emmêlaient leurs jambes, leurs bouches et leurs ventres dans une nouvelle chevauchée fantastique.

CHAPITRE IV

Le double vitrage de la fenêtre protégeait du froid polaire de l'extérieur mais le soleil qui le traversait faisait régner dans la chambre une chaleur de serre. Un rayon, comme une barre d'or en fusion, traversa lentement l'espace compris entre le mur et le lit, passa sur les couvertures et tomba d'aplomb sur le visage de la jeune fille.

Caroline se réveilla en sursaut, le front brûlant, couverte de sueur. Dans le cauchemar qui avait précédé son réveil, elle se débattait au bord de la gueule ouverte d'une sorte de crématoire où on essayait de la pousser et qu'elle sentait lui incendier déjà la racine des cheveux.

Elle réémergea dans la réalité. C'est-à-dire dans un cauchemar pire encore. Au stade où elle en était, la chute physique était vertigineuse, totale. A peine rentrée dans son studio, avenue de l'Observatoire, elle avait été prise de spasmes musculaires et de nausées. Grelottante, elle s'était blottie sous les couvertures. Incapable, bien entendu, de trouver le sommeil. Ce n'est qu'à l'aube qu'elle s'était effondrée, vaincue par une fatigue encore plus forte que le harcèlement de son organisme torturé par le manque.

Elle essaya de se lever mais retomba à terre sur la moquette. Autour d'elle, le décor chavirait. La commode, le lit, la photo géante de Sade au mur également moquetté de gris perle.. L'arc noir et fin d'une lampe halogène. Et la grâce agonisante du bouquet de tulipes dont sa mère était venue décorer le studio, juste avant de partir en vacances...

Les tulipes étaient en train de crever dans leur vase presque à sec. Comme elle.

Elle se déplaça en rampant. Dans un coin, auprès d'un cendrier à moitié renversé par terre, elle découvrit une ampoule vide. L'un de ses compagnons de « trips » — un de ceux que Valéry, un soir, avait viré avec pertes et fracas — avait dû oublier une ampoule de morphine après s'être fait sa piqûre quelques jours auparavant. Avidement, elle se précipita dessus. S'il y avait encore une larme de drogue à l'intérieur, rien qu'une goutte qu'elle pourrait happer avec sa langue !

Elle rejeta l'ampoule, folle furieuse. Vide. Désespérément vide. Son sang recommençait à bouillir. Chacune de ses pulsations était comme un nouvel appel, une nouvelle plainte grandissante, impérieuse.

Elle essaya de se redresser au moment où on frappait à la porte du studio. Elle retomba sur la moquette.

— Mademoiselle ? fit une voix sur le palier.

— Linda ?

La bonne de ses parents. Une petite brune à peine plus âgée qu'elle. Il ne fallait pas qu'elle la voie dans cet état. Surtout pas. Elle paniquerait, appellerait un médecin, et ce serait fini...

— Qu'est-ce que tu veux, Linda ?

— Je voulais vous prévenir que je vais faire des courses, Mademoiselle. Et ensuite j'irai voir ma cousine qui vient d'accoucher. Si Mademoiselle a besoin de...

— Non, Linda, merci. Je viens à peine de me réveiller. Excuse-moi de ne pas t'ouvrir...

La jeune Portugaise, débarquée en France cinq ans avant, occupait une chambre au même étage que Caroline.

— Est-ce que Mademoiselle a l'intention de descendre à l'appartement ? demanda-t-elle.

— Pourquoi ? questionna la jeune fille en essayant de maîtriser le claquement de dents qui la reprenait.

— Parce que sinon, je branche les alarmes, Mademoiselle. Comme d'habitude.

Caroline réfléchit un instant. Dans l'état d'épuisement et d'hébétude où elle était, c'était aussi facile que de se tailler une route à mains nues à travers une forêt vierge.

— Non, laissa-t-elle enfin tomber. Ne branche pas les alarmes. Je vais descendre.

— Très bien, Mademoiselle. A ce soir.

La bonne s'apprêtait à repartir.

— Que Mademoiselle n'oublie pas surtout de les brancher, les alarmes, reprit la Portugaise. Monsieur et Madame m'ont bien recommandé de...

— Je sais, Linda, lança Caroline.

Elle fit un effort surhumain pour se relever. D'abord se traîner sous la douche. Puis s'habiller. Se remaquiller. Essayer de reprendre forme humaine. Et ensuite...

Elle avait un projet, maintenant. Une idée. De quoi lui donner le courage de tenir debout à nouveau pendant quelques heures...

Elle marcha jusqu'à la platine et, d'une main presque ferme, y posa un disque. La voix d'Helen Folassade Adu, la Nigeriane qui, sous le nom de Sade déplace les foules du monde entier, déroula sa fragile et suave mélodie. *When am I gonna make a living*[1] ? Son premier succès.

*
**

L'appartement de Laurent et Françoise Porreau, au second étage, faisait au bas mot trois cent cinquante mètres carrés. Au moment de leur installation, Françoise avait jugé que la cuisine, accolée à la salle à manger, était beaucoup trop près des pièces d'habita-

(1) Quand vais-je gagner ma vie ?

tion. Elle l'avait fait reléguer au bout de l'appartement. Seulement, quelques mois plus tard, elle se rendait compte qu'une cuisine trop éloignée de la salle à manger n'était vraiment pas très commode. Alors on avait à nouveau changé la disposition des lieux. En faisant passer une seconde fois tous les corps de métier. Ce double petit caprice avait coûté à peu près vingt millions de centimes...

Caroline traversa les grandes pièces baignées de pénombre. Dans un des salons, trônait une chaise longue, réplique de l'œuvre célèbre de Le Corbusier. Le mobilier était hyper-moderne. Bois clair ponctué de taches de couleur, tables basculantes à deux positions. Fauteuils de Stark en cuir, divans Eileen Gray. La pointe de la « modernité ». Du chic high-tech. Des carrelages noirs et blancs partout. Et quelques meubles anciens très précieux pour corser le tout. Un tableau de Gérard Garouste enfin, le pape de la nouvelle figuration, dans un des salons. Représentant des gladiateurs romains...

Svelte, admirablement balancée dans son ensemble mauve — pull à fines côtes décolleté par-derrière et jupe moulant ses fesses mais évasée jusqu'à mi-mollets — Caroline se dirigea vers la chambre de ses parents. Il flottait dans l'appartement un vague souvenir d'odeur de cigare refroidi. Comme une présence légère, lointaine...

Dans la chambre, Caroline visita méthodiquement les tiroirs. Pas le moindre billet de banque, bien entendu. Quant aux bijoux de sa mère, il y avait belle lurette qu'ils passaient le plus clair de leur temps dans un coffre, à la banque, et qu'elle n'en possédait pour la vie quotidienne que des copies. Le charme de ce qui est convenu d'appeler l'insécurité du monde moderne...

Dans le bureau contigu, une grande table signée Putman occupait la moitié de la pièce. Sur les étagères, il y avait la collection d'échiquiers anciens de M. Porreau. Rarissimes. Un portugais, avec les pions remplacés par des poissons (les cavaliers, par exemple, étaient des hippocampes, les tours des coquillages, etc.). Un autre chinois. Un troisième thaïlandais, avec des divinités bouddhistes. Le père de M. Laurent Porreau, commissaire priseur, avait accumulé au long de sa vie un étonnant trésor.

Froidement, Caroline inspecta les objets l'un après l'autre. Sa décision était prise. Ce qu'elle allait faire, après tout, était moins dégradant que sa malheureuse tentative de prostitution, la nuit dernière.

Elle se dirigea vers la cuisine et en revint avec un grand sac poubelle en plastique bleu.

D'un geste mécanique, elle commença à remplir le sac. Un nécessaire de couture en argent, une Vierge en bois polychrome du Moyen Age, une tabatière en or du Directoire, un écritoire portatif turc du XVIIIe siècle. Devant les échiquiers, elle hésita. Ses yeux se brouillèrent. C'était les objets que son père préférait. Elle ne pouvait pas lui faire ça. Même si la drogue avait détruit la plupart des liens qui l'attachaient à ses parents, il lui restait encore, tout de même, assez de souvenirs de tendresse pour reculer devant ce qui constituerait pour son père, elle le savait, un véritable déchirement.

Elle balança encore quelques objets dans le sac en plastique, puis gagna l'entrée, un vaste hall recouvert de tenture de velours gris bleuté.

Le plus dur restait à faire. Simuler l'effraction. Pour les alarmes, pas de problème : elle dirait que, malgré les recommandations de Linda, elle avait oublié de les brancher. Ça lui était déjà arrivé plusieurs fois. Le délicat, c'était de fracturer la serrure. Pour ça non plus, on ne lui avait rien appris de valable dans son collège de Neuilly pour jeunes filles qui avaient de l'avenir. Elle haussa les épaules. Tant pis. Elle improviserait. Après tout, la moitié des cambriolages d'aujourd'hui sont commis par des types aussi novices qu'elle, poussés par un seul but : le même que le sien. Se procurer de quoi acheter leur dose quotidienne...

Dans un débarras, près de la cuisine, elle découvrit un long et solide tournevis. Elle prit également un marteau et regagna la porte d'entrée.

Ses coups répétés contre la serrure devaient s'entendre jusqu'au jardin du Luxembourg. Mais la plupart des appartements de l'immeuble étaient vides, elle le savait. Pour cause de vacances de février...

Quand elle eut fini de taper, le coffre de la serrure, le pêne et la gâche étaient complètement massacrés. Du beau travail de non-professionnel comme on en voit tellement aujourd'hui.

Tirant le sac sur le palier, elle s'apprêta à refermer la porte.

Elle réfléchit un instant. Il y avait les faux bijoux de sa mère, dans la chambre de ses parents. Les copies. Ça paraîtrait bizarre que le cambrioleur ne les ait pas emportés. Elle alla les chercher.

La porte poussée plus que fermée, elle s'arrêta une nouvelle fois. Là-haut, elle avait oublié de brancher son répondeur. On ne savait jamais. Si par hasard Ginette rentrait à Paris plus tôt que prévu (elle tournait une pub aux Canaries), peut-être qu'elle penserait à l'appeler. Ginette l'avait dépannée plusieurs fois déjà. Sans rien lui demander en échange. Comme ça. Par sympathie.

Elle regarda sa montre lorsqu'elle se retrouva enfin dehors, avenue de l'Observatoire. Midi et demi. Un soleil brûlant et glacial en même temps tapait sur la neige et la faisait étinceler. Des gerbes d'eau pétrifiées jaillissaient de la fontaine aux chevaux de bronze sculptée par Jean Goujon, au carrefour.

Le PV sur le pare-brise de la Ferrari de ses parents était lui aussi collé par la glace. Elle l'arracha rageusement et le déchira en petits morceaux. Puis elle déposa le sac poubelle bleu rempli de sa précieuse cargaison dans le coffre de la voiture. Avant de refermer, elle sortit du sac l'écritoire turc du XVIIIe. Un bibelot rarissime en or dont elle connaissait la valeur pour l'avoir entendu chiffrer par son père, un jour, au cours d'une discussion avec Marc, un ami antiquaire qui louchait dessus. Malheureusement pour ce dernier, l'objet n'était pas à vendre.

« Eh bien, il l'est maintenant », pensa Caroline en l'enfouissant dans le grand sac de cuir fauve qu'elle portait en bandoulière, style fourre-tout.

C'était le seul objet dont elle avait l'intention de se séparer contre espèces sonnantes et trébuchantes. Quant au reste... Elle n'était pas un monstre. Elle planquerait son butin pendant un mois ou deux, puis elle s'arrangerait pour le restituer à ses parents par une voie détournée. La plus simple probablement : la poste. Un paquet. Un envoi anonyme. Comme si le cambrioleur avait eu des remords tardifs...

Elle lança le moteur de la Ferrarri.

Tout Paris, sous la neige, semblait pétrifié. Figé. Les voitures paraissaient plus rares que d'habitude. Une sorte de mort somptueuse et scintillante pesait sur la ville. Comme un étrange enchantement.

⁂

Le problème de Marc Darmont dans la vie, comme le lui avait dit un jour Edouard, un ancien amant devenu depuis une des vedettes du petit écran, c'était qu'il avait une gueule mais pas de silhouette. Cruel mais juste, hélas. Sur des épaules en bouteille d'Evian, Marc Darmont promenait une tête qui en faisait un sosie presque parfait de Gregory Peck. Malheureusement, le bon Dieu ou la Providence ou le Hasard avaient oublié de s'occuper du reste. Il mesurait à peine un mètre soixante-cinq et ses jambes torses lui donnaient des cauchemars. C'était une sorte de nain à tête de jeune premier d'Hollywood. Une curiosité de la nature dont il se serait bien passé...

Il essaya de faire jouer ses épaules mais comme il n'avait pas d'épaules sous les paddings de son costard à chevrons gris, il y renonça.

— Caroline, je suis sûr que tu mens, fit-il enfin. Ton père ne t'a pas fait cadeau de cette tabatière... Il y tient beaucoup trop.

C'était la troisième fois qu'il répétait la même phrase. Tout en manipulant l'objet. Une petite merveille. Un plumier en or décoré de rinceaux niellés et d'une sorte de dentelle de métal d'une délicatesse inouï. Ce qu'on appelle en terme de métier des « ouvrages à jours appliqués »... Au milieu du couvercle était sertie une énorme émeraude. Il aurait donné très cher pour posséder ce bibelot qui avait été la propriété précieuse, au XVIIIe siècle, d'un calligraphe turc. Mais la façon dont se faisait la transaction ne lui plaisait guère. Caroline était la fille d'un de ses plus vieux amis. Malgré les apparences, Marc Darmont avait fait deux ans de Sciences-Po, avant d'abandonner et de se lancer dans les antiquités. C'est là, rue Saint-Guillaume, que Laurent et lui étaient devenus amis. En tout bien tout honneur, d'ailleurs. Au grand regret de l'antiquaire. Comme tous les homosexuels, son rêve c'était la conquête des hétéros.

— Tu mens, répéta-t-il.

Caroline était tournée vers la vitrine de la boutique. Regardant au-dehors le quai des Grands-Augustins sur lequel la neige recommençait à tomber.

— OK, fit-elle enfin. Papa ne m'a pas donné la tabatière, c'est vrai. Mais c'est vrai aussi que j'ai besoin d'argent. Et vite.

Elle fixa le petit homme.

— Pour avorter, ajouta-t-elle.

Il la regarda, atterré. Ne songeant pas un seul instant à mettre sa parole en doute. Stupéfié seulement que Caroline, la fille de son vieil ami Porreau, était devenue une jeune fille, presque une femme. Il avait l'impression que c'était hier qu'il la voyait venir dire bonsoir à ses parents et aux invités, les soirs de réception, minuscule, adorable et blonde, dans son pyjama rouge. Pas un instant non plus il ne songea que, de nos jours, l'avortement est autorisé, et même remboursé par la Sécurité Sociale ! Il faut dire que ce n'était pas tellement son rayon et que, vu ses habitudes sexuelles, il ne risquait pas de donner une impulsion décisive aux courbes de natalité en chute libre ces derniers temps...

Il secoua à nouveau la tête.

— Je ne peux pas faire ça, murmura-t-il.

Caroline ferma les yeux. Elle se sentait épuisée. Elle faisait un effort surhumain pour garder les idées aussi claires que possible. L'obsession de la piqûre était plus que jamais présente. Il lui fallait sa came. A en crever. A en tomber raide.

Elle rouvrit les yeux. L'acajou trop astiqué des meubles anciens, autour d'elle, jetait des lueurs fauves dans la boutique mal éclairée. Le ciel était à nouveau couvert, et à une heure de l'après-midi, il faisait presque nuit.

— Je ne te demande pas un cadeau, dit-elle, au bord de lui voler dans les plumes. Mais une affaire.

Elle pivota sur ses bottes où la neige avait fondu.

— Si tu ne m'aides pas, je raconte à ton petit ami que c'est toi qui m'a mise enceinte.

— Quoi ?

La fausse tête de Gregory Peck avait verdi. Ça faisait longtemps qu'à la maison les plaisanteries sur la jalousie délirante de Maxime, l'amant de Darmont, avaient renseigné Caroline. Bien sûr, c'était gros comme menace. Mais ça touchait juste, en un sens.

— Il ne te croira pas, essaya de se débattre l'antiquaire.

Caroline ricana.

— Tu parles ! Personne n'est à l'abri d'une rechute hétéro, et Maxime le sait. D'ailleurs, il est sûrement comme tous les jaloux : tellement terrifié par l'idée d'être trompé qu'il croira n'importe quelle accusation !

Marc Darmont siffla.

— Petite garce !

— Je te le répète, reprit Caroline. C'est une affaire que je te propose. Le chantage n'est qu'accessoire.

Elle maintenait son calme tant bien que mal. Mais ses mains tremblaient. Elles les enfouit dans son manteau de vison. Si la négociation traînait en longueur, la crise allait éclater. Elle allait mettre sa boutique à feu et à sang, tout briser, tout ravager. Lui balancer ses guéridons Directoire ou ses chaises Empire sur la gueule. L'explosion due au manque, chez les grands camés, ressemble d'assez près au déferlement de violence du delirium tremens...

— Tu veux combien ? dit enfin l'antiquaire vaincu.

Les poings de Caroline se détendirent dans ses poches. Elle était en train de gagner.

— Deux mille cinq cents francs, c'est tout ce que j'ai en liquide, murmura l'antiquaire.

Caroline éclata d'un rire dur.

— Tu veux rigoler ? Ça en vaut quatre fois plus et tu le sais très bien !

Darmont pinça les lèvres.

— Reviens demain, je te donnerai encore deux mille cinq cents francs.

Caroline dut faire un gros effort sur elle-même pour le menacer encore un peu, pour la vraisemblance. Depuis qu'elle avait ses deux milles cinq cents francs, l'argent lui brûlait les doigts. Elle aurait voulu être déjà partie à son rendez-vous avec l'héroïne, c'est-à-dire avec le bonheur absolu. L'oubli de tout. Un oubli plus profond encore que la mort.

— Je reviendrai, lâcha-t-elle menaçante.

Resté seul, Marc Darmont caressa amoureusement l'objet qu'il venait d'acheter. A vrai dire, il avait des scrupules. Bien sûr, cette petite garce avait tapé juste en faisant planer la menace de la jalousie de Maxime. Mais d'autre part il y avait Laurent. Son ami Laurent Porreau. Acheter ce plumier rarissime à sa fille un tel prix, c'était comme le voler.

« Je m'arrangerai pour le lui restituer », décida-t-il.

Il continuait à palper l'objet. Il ouvrit le couvercle. Bien sûr, le « calame », le pinceau d'origine n'était plus à l'intérieur depuis belle lurette. Des inscriptions calligraphiées couraient sur la face interne du bibelot. Des « sourates » du Coran. Et le « toughra », le sceau du sultan Mahmoud II. Marc Darmont avait pas mal voyagé et séjourné dans les pays arabes dans sa jeunesse. Il en avait ramené des souvenirs émus, rapport au nombre impressionnant de jeunes garçons dont il avait fait la conquête.

— Qu'est-ce que c'est que ça ? s'interrogea-t-il à mi-voix.

« Ça », c'était une minuscule feuille de papier très fin, au fond du plumier. Roulée sur elle-même. De l'ongle il la détacha du bibelot et la déroula soigneusement.

Il alla chercher des lunettes. Ce qu'il y avait sur le minuscule bout de papier méritait un examen attentif.

Les lunettes ne suffisaient pas. Il se dirigea vers son bureau Empire, alluma les projecteurs qui l'entouraient et s'empara d'une loupe.

Sur la feuille, d'une écriture minuscule, on avait aligné des noms. Une quinzaine. De toutes origines, semblait-il. Américains, Arabes, Chinois ou simplement Français. Devant chaque nom, il y avait un signe. Un triangle ou un croissant.

— Je ne comprends rien, songea-t-il.

Ce qu'il comprenait en tous cas, c'est que ce document, s'il était là où il venait de le dénicher, ne devait pas tomber dans n'importe quelles mains. Et qu'un enchaînement de hasards avait placé en sa possession quelque chose qu'il n'aurait jamais dû voir. Les mains de Darmont frémirent. C'était en filigrane sur cette liste, écrit clairement : « Danger ». L'antiquaire, malgré sa tête de héros de western, n'était pas du genre téméraire. Les cimetières, pensait-il depuis longtemps, sont pleins de gens qui, un jour, par bêtise, par hasard, par inadvertance, ont poussé une porte qu'ils n'auraient jamais dû pousser.

Il relut la liste et soudain ce qui ne l'avait pas frappé la première fois lui sauta aux yeux : François Massenot... L'un des trois noms à consonance française. Le seul qui lui disait quelque chose. Mais quoi ? Il fouilla cinq minutes sa mémoire. Et sa mémoire, en fidèle esclave de sa volonté, lui ramena à la surface un visage et un pedigree. Massenot, il l'avait peut-être perdu de vue aujourd'hui mais il l'avait très bien connu autrefois. Du temps de ses études à Sciences-Po. Même que depuis, à en croire les journaux, il avait fait une brillante carrière...

Il posa la main à plat sur la minuscule feuille de papier et s'accorda encore cinq minutes pour réfléchir. Il ne savait pas du tout ce qu'il avait entre les mains, mais si c'était de la dynamite mieux valait manier avec précautions...

Il réenroula le document et le replaça dans le plumier dont il referma soigneusement le couvercle comme si l'étrange liste risquait de se volatiliser.

Puis il attrapa le combiné téléphonique et commença à pianoter un numéro.

CHAPITRE V

A 13 h 45 pile, la Ferrari de Caroline stoppa le long d'un trottoir de la place Maubert. La jeune fille en jaillit et s'apprêta à traverser la place en courant.

— Merde, j'allais oublier de l'appeler, songea-t-elle.

La consigne de Farid était stricte : pas question de recevoir un client si celui-ci ne lui avait pas téléphoné au préalable. Là-dessus il était intraitable. A part ça, on pouvait le trouver presque vingt-quatre heures sur vingt-quatre à une table du fond, au *Soleil d'Orient*, un bistrot tenu par un compatriote à lui, un Tunisien, sur la place Maubert.

Caroline chercha une cabine téléphonique.

Elle finit par en trouver une assez loin et composa le numéro du café.

— Occupé, ragea-t-elle.

Elle recommença.

Une autre voiture avait stoppé également place Maubert, mais un quart d'heure auparavant. Et c'était une bagnole beaucoup moins reluisante. Une 4 L fourgonnette bleue bringuebalante qui aurait dû depuis longtemps finir en pièces détachées. « Et encore ! avait grogné Aimé Brichot, même en pièces détachées je n'en voudrais pas ! » Bref c'était ni plus ni moins une charrette de la PJ qui servait pour certaines planques.

Boris Corentin vira du buste vers l'arrière de la voiture.

— On fait comme on a dit ? Pas de regrets ?

Brice Lucas, dit « La Pomme », haussa les épaules. Jeune, pas mal. Mais, à trente-deux ans, visiblement déjà brisé au fond de lui. Voûté, recroquevillé, le regard perdu et craintif. Très pâle aussi, une barbe fine de deux jours et des creux vertigineux aux joues. L'air du poisson pas très frais qui marine depuis des années dans la coke ou l'héro...

— Ça colle, acquiesça La Pomme d'une voix lente. Le marché portera sur les cinq grammes convenus.

Il réfléchit.

— Il doit en avoir pas mal : il m'a dit au téléphone qu'il pouvait aller jusqu'à cent grammes dans la journée...

— N'oublie pas, reprit Corentin. Quand j'arrive et que je lui saute dessus pour le serrer, tu files comme si tu nous échappais. Tu as intérêt à courir vite. On va te courser en te laissant un peu d'avance. Au bout de cinq minutes, on s'arrête parce qu'on t'a manqué. Et tu es libre.

— Façon de parler, grogne La Pomme.

— C'est mieux que rien, non ? On te donne ta chance. Plains-toi !

— Et moi, c'est pas une belle affaire que je vous donne ?

Il était tendu. La Gauloise entre ses doigts crasseux était en train de devenir de la charpie.

— Tu avais le choix ? murmura Corentin.

Quand l'autre fut parti, se dirigeant lentement vers *Le Soleil d'Orient,* Brichot releva d'un index osseux ses lunettes Amor de myope.

— Il est nerveux, murmura-t-il.

— Toutes les petites balances sont pareilles, soupira Corentin. La trouille. Pris entre le marteau et l'enclume. Entre nous et le dealer qu'il va nous aider à serrer. Il a peur d'être démasqué par ce dernier et de le payer cher, un jour ou l'autre. C'est normal...

— En tout cas, on termine l'affaire en beauté, non? reprit Brichot. Je préfère que ça se finisse vite. Les petites enquêtes de came minables, ça me déprime...

Corentin renifla.

— Aux yeux d'un bon flic, il n'y a pas d'affaires minables, mon cher Mémé. Et puis n'oublie pas le cadavre de Nathalie.

L'inspecteur principal Aimé Brichot regarda sa flèche (1) en biais.

— N'empêche qu'on a été sur des coups plus fumants... Serrer un dealer par l'intermédiaire d'un camé qui nous sert de balance, tu avoueras que c'est pas ça qui va rehausser notre légende.

Boris hocha la tête.

— Même les petites affaires ont leur grandeur, murmura-t-il.

Surtout si on pensait qu'à l'heure où ils parlaient, il y avait en France plus d'un million de drogués. Un million d'hommes et de femmes en danger de mort, autrement dit. Devenus ou en train de devenir des loques humaines. Prêts à tout pour leur gramme d'héroïne du soir. A voler, se prostituer. Parfois même à tuer. Un million! Près de cinq fois le nombre de soldats français morts pendant la guerre 39-45.

Brice Lucas, qui allait servir de « chèvre » dans l'arrestation imminente de Farid, avait été serré l'avant-veille à son domicile. En échange de l'indulgence de la police, il était prêt à collaborer. En l'occurrence, l'indulgence allait assez loin : Corentin et Brichot lui avaient proposé de le laisser filer s'il leur permettait de coincer son dealer, puisqu'il avait pu présenter un alibi en béton en ce qui concernait la mort de Nathalie Mélinian. Bien entendu, il resterait tou-

(1) Premier des deux dans une équipe de policiers.

jours sous leur surveillance. Et il pourrait fournir à l'occasion d'autres renseignements intéressants. On avait de quoi le tenir pour l'éternité, si on voulait. A trente-deux ans, Lucas représentait une sorte de camé-type. Chômeur, abandonné par sa femme, il avait à sa charge deux de ses jeunes frères, douze et quatorze ans, qui commençaient déjà d'un bon pied dans la vie : en se shootant à la colle à rustines. Un truc qui ravage depuis quelque temps les écoles : les gosses mettent de la colle au fond d'un sac en plastique, mélangent avec de l'alcool, et respirent... Lucas, comme la plupart des camés sérieux, avait fini par devenir dealer, lui aussi. A échelle très réduite bien sûr. Ne revendant que de quoi s'acheter sa dose quotidienne. A quoi ça aurait servi de le mettre en cabane ? En le transformant en balance, au contraire, on pouvait coincer par son intermédiaire un trafiquant beaucoup plus important. Ayant un début de réseau autour de lui...

Le seul problème, ça avait été l'argent. Les dealers se méfient, bien entendu. Ils veulent voir le fric, avant de donner la marchandise. Ça s'appelle « faire briller ». Et ça pose des problèmes sérieux à la police française puisqu'il n'existe pas de caisse pour réaliser ce genre de coup. Charlie Badolini, chef de la Brigade Mondaine, avait dû débloquer deux mille cinq cents francs sur ses fonds secrets. En grognant qu'aux Etats-Unis ce genre de problème ne se posait pas. Et que c'était d'ailleurs pour ça qu'en leur temps les flics américains avaient si bien réussi dans l'Hexagone. Quand les Français avaient travaillé avec eux, c'est la police US qui avait avancé l'argent.

— Avoue que tu regrettes les gros coups d'avant le démantèlement de la *French Connection*? questionna Corentin en se tournant vers Brichot. Quand d'énormes quantités de came se promenaient sur le marché français...

L'époque où on pouvait parler à juste titre d'un milieu de la drogue comme il y a un milieu du banditisme. Avec un marché bien organisé, une structure en pyramide allant des plus petits dealers comme Lucas aux très gros bonnets, au sommet. En rendant impossible le raffinage de la came à l'intérieur de notre pays, le démantèlement du réseau français a obligé le trafic à se transformer complètement. Maintenant, les gros bonnets travaillent directement sur les lieux de production. Surtout en Asie. Les vendeurs vont chercher la marchandise sur place, toute prête à la consommation, et la ramènent par avion en très petites quantités. Et la plupart du temps, cachée dans les endroits les plus intimes. L'anus par exemple. Mais comme ils sont des milliers à faire ça et qu'on ne peut pas visiter l'anus de tous les passagers des avions qui reviennent d'Asie, le trafic, beaucoup plus disséminé qu'autrefois, est presque impossible à tarir.

Brichot haussa les épaules.

— Qu'est-ce qu'on va trouver chez ce type, ce Farid, quand on l'aura serré et qu'on perquisitionnera à son domicile ? Cinquante grammes ? Trente grammes ? Autrefois, on aurait trouvé un kilo ! Avoue que ce n'est pas très exaltant !

Il renifla lui aussi. Dans la 4 L fourgonnette, le chauffage poussé à fond leur envoyait juste du vent. Presque froid.

— Sans compter que nous, c'est les Affaires Recommandées notre spécialité, reprit-il, de mauvais poil décidément. Les coups tordus, d'accord, mais plutôt côté sexe. Pas côté « stups »...

Boris sourit en consultant sa montre.

— Je crois que tu as besoin d'un peu d'exercice, vieux frère ! On y va ?

Ils giclèrent de la voiture.

— Tu te souviens ? demanda Boris. Moi je tombe sur le paletot de Farid. Toi, tu fais semblant d'essayer de coincer La Pomme. Il te file entre les pattes et tu cavales après lui dans la rue.

Brichot referma frileusement son loden.

— En somme, je fais l'imbécile, résuma-t-il.

— L'imbécile utile, corrigea Corentin. D'abord, on a donné notre parole à La Pomme de le laisser filer. Et puis surtout, en liberté, il pourra toujours nous rendre des services...

*
**

A l'intérieur du bistrot de la place Maubert, les choses se déroulèrent à peu près comme Boris les avait décrites. Farid se retrouva avec les « pinces » aux poignets sans avoir réalisé que le ciel était en train de lui tomber sur la tête. Quant à Lucas, il parvint à s'enfuir non sans peine. Dans son zèle à se montrer maladroit, Brichot renversa deux tables, coupant involontairement la retraite à Brice Lucas. Pour faire bonne mesure, il s'étala contre une des tables, permettant à La Pomme de sauter ces obstacles imprévus. Quand Brichot se releva, Lucas était déjà loin. Il lui cavala après pendant cinq minutes et revint.

— Il m'a semé, l'ordure, annonça-t-il à Boris, apparemment furieux.

— J'ai rien fait ! Sur la tête de ma mère, j'ai rien fait ! gémissait Farid. Pourquoi on m'arrête ?

Ils étaient arrivés au bon moment. Lucas avait filé l'argent à Farid et les deux hommes s'apprêtaient à sortir du café. Le passage de la came dans la poche de l'acheteur ne se fait jamais sur place. Trop voyant. Et puis les patrons de bistrot n'apprécieraient pas tellement. En général, ça se déroule en pleine rue, dehors. Une poignée de main et la drogue change de propriétaire. Ni vu ni connu.

Corentin extirpa d'une des poches du blouson du Tunisien un joli petit sachet rempli de poudre blanche. Et récupéra aussi au passage, dans une autre poche, les deux mille cinq cents francs donnés par Lucas. Propriété de la « Grande Maison ».

— C'est quoi, ça ? demanda-t-il. Me réponds pas : de la farine. Il n'y en a pas assez pour faire un gâteau !

Farid sembla se fripper. Son menton gélatineux tremblota.

— Sur la tête de ma mère ! gémit-il. Je ne sais pas ! Je ne sais rien. J'ai jamais vu ça !

Un consommateur, un petit vieux à chapeau comme on n'en fait plus, s'approchait d'eux.

— Que se passe-t-il, Messieurs ? demanda-t-il.

Brichot exhiba sa plaque de police.

— Circulez, cracha-t-il. Et, s'il vous plaît, mêlez-vous de ce qui vous regarde.

Farid avait eu une brève lueur d'espoir. Il essaya d'en appeler à la conscience universelle et aux immortels droits de l'homme.

— Ça me fait mal, sanglota-t-il en montrant les menottes.

— C'est pas fait pour faire du bien, répondit Corentin.

CHAPITRE VI

Boris Corentin et Aimé Brichot avait beaucoup trop à faire avec le Tunisien pour remarquer, de l'autre côté de la place Maubert, une silhouette en manteau de vison qui se bloqua en les voyant tous les trois sortir du *Soleil de l'Orient*. Le genre de rencontre qui vous fait penser des trucs originaux du genre : « le monde est petit »... Caroline Porreau reconnut immédiatement l'un des deux hommes qui encadraient Farid : ce brun athlétique à tête de jeune premier de ciné entre les pattes duquel elle avait filé, passage Vérot-Dodat, la veille au soir...

Dans sa main droite, au fond de sa poche, elle froissa les billets de banque. Farid venait de se faire arrêter. Il n'y avait plus de Farid. Ça voulait dire que la route du paradis était à nouveau coupée. Tandis que son corps, lui, continuait à réclamer sa ration de bonheur chimique et d'oubli. Une fois de plus, Caroline se dit qu'il fallait qu'elle s'arrête. Qu'elle était folle. Que sa course démente allait la faire crever un jour ou l'autre. « J'arrêterai ! Un jour je décrocherai ! J'y arriverai ! » C'est ce que se disent presque tous les drogués. Tout le temps. Malheureusement toujours au futur. Ou au conditionnel. Jamais au présent.

Le présent, pour Caroline, c'était l'intolérable brûlure du manque dans ses entrailles. Cette piqûre qu'elle aurait dû se faire depuis longtemps maintenant. Pour oublier qu'elle était en train de devenir dingue.

Titubante, hébétée, elle quitta la place Maubert à pied et s'engagea dans la rue Monge. Marchant presque au milieu de la chaussée.

Un coup de frein violent ne la fit même pas se retourner.

— Alors, la demoiselle ? On en a assez de la vie ?

Une voix de « vieux » d'au moins quarante ans. Plutôt gentille. Rigolarde. La voix d'un type normal. Elle haussa les épaules et regagna le trottoir, marchant dans un flou de plus en plus complet. Son regard s'immobilisa brusquement : cette plaque de rue, à mi-hauteur, lui rappelait quelque chose. Mais quoi ? Rue des Ecoles... Un nom lui arriva enfin en mémoire. Julien... Un ami de Ginette. Un de ceux que Valéry avait virés de chez elle complètement « stoned » un soir. Julien, dans le grand jeu mortel de la roulette russe à l'héro, il en était à se faire des injections dans le blanc de l'œil. Il y voyait trouble, évidemment. Avant de devenir complètement aveugle. Seulement voilà : le reste de son corps était une vraie passoire depuis quelques mois. A une époque, il vivait avec trois aiguilles constamment enfoncées dans les veines des bras et retenues par des sparadraps, pour se faire plus rapidement ses trois ou quatre injections quotidiennes à l'héro mélangée d'amphétamines. Ensuite, il s'était piqué à la langue. Et puis maintenant le blanc des yeux. Le dernier stade avant l'accident cardiaque, la septicémie, l'hépatite ou simplement l'overdose...

Elle n'était jamais allée chez lui. Elle connaissait seulement son adresse. Elle accéléra le pas, le ventre rongé d'impatience.

L'escalier de l'immeuble sentait la poussière et l'encaustique. En d'autres temps, la fille de Laurent et Françoise Porreau aurait noté que les marches ne comportaient pas de tapis, qu'il y avait trois appartements par étage et qu'on avait oublié d'installer un ascenseur. Qu'en conclusion, il s'agissait d'un immeuble de pauvres. Enfin, de demi-pauvres. De petits, tout petits-bourgeois...

Mais elle n'avait plus la tête à noter ce genre de détails. Au septième, les portes des chambres de bonnes s'alignaient dans l'obscurité. Sur l'une, un carton jauni : Julien Mondeline. Elle frappa.

Quand le battant s'ouvrit, elle crut qu'elle s'était trompée. Un petit homme roux aux yeux étonnamment bleus, deux billes de porcelaine dans une face de pleine lune, se tenait sur le seuil.

— Excusez-moi, commença-t-elle.

— Vous veniez voir Julien ? interrogea le rouquin.

— Oui.

L'intérieur de la chambre puait le moisi. Elle avança dans la pénombre de la pièce minuscule et crasseuse.

— Il est très mal, murmura le rouquin d'une voix onctueuse. J'ai dû lui faire une piqûre. Il va un peu mieux. Enfin, il dort...

A plat ventre, au milieu des draps tachés et déchirés, Julien Mondeline semblait parti pour un long voyage au fond de l'oubli. Les manches de sa chemise relevées laissaient apparaître, çà et là, des taches rouges et blanchâtres. Des furoncles, des abcès. A à peine vingt-deux ans, c'était devenu une sorte de vieillard au visage fripé et blafard.

— Qui... qui êtes-vous ? interrogea Caroline en se tournant vers le rouquin.

En même temps, elle n'arrivait pas à détacher son regard de l'attirail, par terre : la petite cuillère noircie, deux ou trois seringues vides, des sachets également vides. Les accessoires de la « cérémonie » sacrée. Elle essaya de réprimer un tremblement.

— Un ami de Julien, répondit le petit homme roux. Un ami qui cherche à l'aider. Je m'appelle Charles...

Il avait une voix douce, basse, presque onctueuse. Une voix de curé, pensa Caroline. Une voix de prêtre.

De mauvais prêtre... Une sueur d'impatience couvrit le front de la jeune fille.

— C'est toujours la même chose, reprit-il. Il faut que Julien vienne à nous de lui-même. Qu'il puise en lui la volonté de guérir. J'essaie de l'aider à trouver ce courage...

Elle le considéra plus attentivement. Un thérapeute, probablement. Un de ces types que la drogue fait vivre, à l'inverse de tous ceux qu'elle fait mourir. Là encore, il y a toute une gamme, toutes les variétés possibles et imaginables : des médecins consciencieux, des espèces de saints qui font tout pour sauver les toxicos de leur enfer, jusqu'aux pires escrocs, des charlatans subventionnés par le ministère de la Santé et qui profitent du désarroi de la société, du chagrin des familles des drogués, de la panique des parents, pour se déguiser en gourous scientifiques et extorquer des sommes astronomiques sous prétexte de rééduquer les toxicos.

— Je dirige un centre de postcure, compléta le rouquin. Julien a besoin d'aide, comme des milliers d'autres. De soutien. Et pas seulement médical. Moral aussi. Spirituel. A travers la drogue, c'est autre chose qu'il cherche. Un Maître... Dieu... Tout cela, nous sommes en mesure de le lui offrir, s'il le veut...

Il rebroussa les boucles de sa tignasse flamboyante.

— Avez-vous lu Gurdjeff, Mademoiselle ? questionna-t-il.

Caroline ne l'écoutait plus. Lentement, elle se laissa tomber à terre, le vison de son manteau ramassant la poussière accumulée en moutons sur le plancher.

— Excusez-moi, fit-elle d'une voix presque inaudible. Je suis mal. Est-ce que...

En même temps, elle fouillait les seringues, les sachets. En un éclair elle se vit, au dernier stade de la déchéance. Comme une clocharde fouillant dans les poubelles, au milieu des ordures. A dix-huit ans...

L'homme roux se précipita.

— Ça ne va pas ?

Elle secoua faiblement la tête. Des douleurs la fouillaient aux reins, au ventre, une nausée l'envahissait à nouveau.

— Je vais vous aider, dit-il. Je suis là pour vous aider, vous aussi.

Il avait sorti un sachet de la poche de sa veste de tweed. Elle le regarda faire sa préparation, les yeux écarquillés. Comme un enfant qui attend que sa mère ait terminé son gâteau pour lécher les casseroles. Une paix immense commençait déjà à l'envahir. D'un seul coup, des heures et des heures de souffrance allaient s'effacer...

— Elle est pure, murmura l'homme roux. Pas de lactose, ne vous inquiétez pas. C'est de la bonne !

Des salopards avaient parfois vendu à Caroline, sous le nom d'héroïne, une poudre qui n'en contenait que cinq pour cent... Un genre de truquage qui avait pour conséquence qu'on était presque tout de suite à nouveau en manque.

Accroupi, le rouquin sortit une seringue, y fixa une aiguille au bout. Puis il vida le sachet d'héroïne dans un flacon. La poudre coulait lentement comme toujours quand il s'agit d'héroïne pure. Ensuite, il versa de l'eau distillée dans le flacon et secoua le tout pour mélanger. Puis il se rapprocha d'elle et lui garrotta le bras droit.

Deux minutes plus tard, la drogue tant attendue filaient dans ses veines.

Renversée, elle se laissa aller en arrière, savourant son bonheur comme une chrétienne des premiers âges recevant son Dieu en hostie consacrée.

Une sensation d'euphorie charnelle l'envahissait. Mille fois plus forte que tous les spasmes d'amour possibles et imaginables. Elle ne tremblait plus. Ses pommettes étaient redevenues roses. Seules ses paupières rougies, fiévreuses, trahissaient le calvaire par lequel elle venait de passer.

Elle était étendue à terre, maintenant, bras en croix.

Le rouquin acheva de ranger ses ustensiles dans une petite trousse médicale et revint à elle.

— Ça va mieux ? questionna-t-il.

Julien sur le lit cuvait toujours, immobile. S'il n'y avait pas eu le léger souffle qui soulevait ses lèvres, on aurait pu croire qu'il était mort.

Elle ne répondit pas. Elle l'entendait mais elle n'avait pas envie de répondre. C'était comme s'il avait été séparé d'elle par un vitrage épais, une sorte de blindage transparent. Elle était ailleurs. Plongée dans une torpeur lucide et bienheureuse.

— Vous aussi, vous avez besoin d'aide, chuchotait le rouquin. Comme Julien. Vous êtes tous des enfants perdus. Il faut vous réapprendre à vivre... A croire... A aimer...

Elle sentit vaguement la main du type qui se posait sur sa jambe, remontait lentement vers son genou, s'insinuait sous sa jupe mauve.

— Tu as besoin de tendresse, reprit-il.

Il soufflait, tout près de son visage. L'autre main effleurait ses seins, par-dessus son pull.

— Le monde est à l'envers. Le monde manque d'amour et de tendresse. C'est pour ça que nous souffrons.

Elle ferma plus fort les paupières. L'odeur fade de l'haleine du rouquin se mélangeait à la puanteur de moisi et de misère de la chambre de Julien. Elle se sentait sans force pour résister. Elle se dit qu'il avait dû forcer sur la dose. Elle était comme paralysée. Parfaitement consciente mais inerte, impuissante. D'une main, il massait à présent ses seins magnifiques, brassant cette chair jeune et ondoyante sous ses doigts. Il glissa sous le pull qu'il retroussa, passa sous le soutien-gorge qu'il releva également, libérant les masses élastiques qui semblèrent se gonfler encore, comme deux houles de chair gorgée de sève. Il s'attarda aux mamelons, aux pointes turgescentes, les prit dans sa bouche et les suça.

Puis il se dégagea et remonta rapidement sa jupe jusqu'au ventre.

— Il n'y a que l'amour, il n'y a que la tendresse, psalmodiait-il d'une voix d'hypnotiseur.

Il chercha le slip blanc de la jeune fille et se mit à explorer sous la mince étoffe, fouillant son ventre moite et touffu. Là-bas Julien eut un grognement sourd et se retourna sur l'autre côté, tête ballant dans le vide au bord du lit.

— L'amour, la tendresse...

Ses doigts épousaient le dessin des lèvres intimes de Caroline qui s'ouvraient délicatement sous sa caresse comme une bouche secrète. Elle ne bougeait pas. Elle avait envie de résister, de le repousser, de se sauver. Et en même temps, cela lui paraissait sans importance par rapport au bonheur immense, insensé, dans lequel elle planait. L'éblouissement infini du flash.

Elle pensa :

« Le monde réel, c'est ce que je sens en ce moment. Pas ce qu'il est en train de me faire. Lui, il n'est qu'un fantôme. Il n'existe pas. »

C'était un vertige. Elle pensa aussi :

« Le ciel est une fleur immense. Il a des pétales bleus qui s'ouvrent lentement. »

En fait de pétales, c'était son ventre qui s'ouvrait à présent. Le rouquin avait cessé de psalmodier. Avec des grognements étouffés, il s'était allongé sur Caroline. D'une main il se libéra de son pantalon. La jupe de la jeune fille était repliée en accordéon autour de la taille. Il ne prit même pas la peine d'ôter le slip, il en écarta l'échancrure de l'index, dégageant les boucles blondes humides de sa toison. Il rapprocha de la main la tête de son sexe turgescent, dirigeant le gland à l'intersection de la chair qui se séparait en une fente rose plus sombre. Caroline eut seulement un frisson léger quand il la pénétra. Alors il comprit qu'il pouvait tout se permettre.

Il s'enfonça d'un coup de reins violent au fond d'elle et commença à la massacrer à grands coups de boutoir.

— Tu la sens, hein ? Hein ? cracha-t-il, d'une voix changée. Tu la sens, ma queue dans ta chatte ? Hein ? Dis-le que tu la sens.

Il la laboura longtemps sauvagement. Puis se libéra enfin à longs jets, l'inondant au plus profond de son ventre.

Dix minutes plus tard, il était complètement rhabillé. Caroline, toujours allongée par terre, continuait à cuver, cuisses écartées, slip légèrement déchiré entre ses jambes...

Il jura.

— Bon Dieu, c'était bon, hein ? grogna-t-il entre ses dents.

Content de lui. Finalement il avait un « boulot » idéal, depuis qu'il avait été obligé de se recycler, après le désastre financier qui avait suivi l'échec de *Q-Hebdo*, une petite revue de « rencontres » très spéciales qui avait été un fiasco monumental. Rééducateur dans un centre de postcure pour drogués, avec l'appui officiel de l'Action Sanitaire et Sociale, ça vous fait rencontrer du monde. Des jeunes. Garçons ou filles. Des mômes complètement paumés, souvent pas désagréables à regarder et à toucher. Qui avaient des gros besoins d'être sécurisés. De partout.

Quelque chose dépassait de la poche droite du manteau de Caroline.

Il se pencha.

Des billets de banque.

Deux mille cinq cents francs.

« Mon petit cadeau », rigola-t-il intérieurement.

Il referma la porte sur la chambre sordide où ses deux « protégés » continuaient à cuver. Très content de la vie en général et de lui-même en particulier.

CHAPITRE VII

La main de l'adolescent s'avança à tâtons jusqu'aux rondeurs potelées de Linda, à côté de lui, en travers du lit défait.

— Ton cul, murmura-t-il d'une voix chavirée. Ton cul me rendra dingue.

Elle sourit en regardant le garçon. Ce qu'on appelle « une grande asperge » de dix-sept ans. Long, maigre, presque efflanqué même. Avec un duvet de moustache extrêmement émouvant au-dessus de la lèvre supérieure. Et de grands yeux marron sombre qui devaient déjà faire chavirer les filles de son âge. Mais qu'est-ce qu'il était bien monté, le salaud ! Un âne, quoi ! Même son mari, Antonio, n'en avait pas une aussi grosse. Antonio qui dormait là-bas, au pays, sous une dalle oubliée d'un cimetière d'Estrémadure, à Caldas da Rainha, sa ville natale... Tombé d'un échaffaudage, cinq ans auparavant. Et puis surtout Antonio avait plus de trente ans. Ce qui voulait dire qu'il ne « levait » pas aussi vite qu'Alexandre qui, à dix-sept ans, pouvait tirer un coup et se remettre en position presque tout de suite après, batteries à nouveau rechargées à bloc...

— Si tu savais, lâcha l'adolescent, ce que j'ai pu me branler en pensant à toi...

— Cochon, gémit la bonne des Porreau. Tu m'excites. Tais-toi !

Il fallait avouer qu'il ne manquait pas de culot, pour son âge, le fils des locataires du troisième, dans l'immeuble où elle était employée. Et en plus, il était doué comme c'est pas permis. Trois mois déjà qu'ils se donnaient rendez-vous régulièrement dans sa chambre à elle, au sixième, à l'autre bout du couloir, par rapport au stutio de Mademoiselle, c'est-à-dire Caroline Porreau, la fille de ses maîtres. Tout à l'heure, elle était venue la prévenir qu'elle partait faire des courses et qu'elle rentrerait en fin d'après-midi. En réalité, tout avait été combiné d'avance avec Alexandre, ils allaient passer l'après-midi au plumard ensemble. Certaines nuits il débarquait chez elle, pieds nus, en pyjama, n'y tenant plus, brandissant haut les couleurs avec une fierté de « mec » toute récente. Etonné lui-même de ce « piquet de tente » qui lui poussait au milieu du ventre à chaque fois qu'il pensait à elle.

— Viens sur moi, demanda-t-il à voix basse.

Elle laissa errer son regard sur le décor. Un lit, une douche dissimulée derrière un rideau à fleurs, une penderie cachée derrière un autre rideau, trois étagères où s'entassaient une bonne centaine de fascicules de la collection « Que sais-je ? ». Le seul héritage d'Antonio qui avait décidé de se cultiver avant de s'installer en France avec elle. Malheureusement la fatalité en avait décidé autrement. Et c'est seule qu'elle était venue chercher du travail à Paris.

— Encore ? minauda-t-elle. Tu n'es donc jamais fatigué ?

— De toi, jamais ! lança l'adolescent d'une voix enflammée.

Elle leva les bras pour rajuster ses magnifiques cheveux noirs noués en chignon, dévoilant ses aisselles et les buissons touffus qui avaient le don de mettre le jeune homme au bord de la démence sexuelle. Dire qu'elle avait été assez bête pour se refuser à lui pendant deux mois ! Ça l'embêtait, au début, une liaison sous le toit de ses maîtres avec le fils de leurs voisins, les

Vauvenard, un couple d'avocats. Il faut dire qu'il la traquait dans les escaliers avec toute la maladresse de son âge. Un soir même, la minuterie s'étant éteinte, il l'avait embrassée. Elle avait essayé de résister mais il la bloquait contre le mur et ses mains avides pétrissaient ses seins, ses fesses, cherchaient son ventre sous sa jupe.

— Ne crie pas, ne crie pas ! suppliait-il.

Il l'avait enfin trouvée, avait écarté le slip et fouillé sa toison.

— J'ai envie de toi, bafouillait-il. Je suis amoureux de toi ! Laisse-moi faire. Rien qu'une fois.

Il était en pyjama et un truc parfaitement indécent sortait de son pantalon. Il lui prit la main et la plaqua contre son sexe tendu.

— Tout de suite. Je veux te baiser. Tout de suite ! répétait-il.

Alors elle sentit sa résistance fondre en elle et une drôle de langueur l'envahir.

— Pas comme ça, souffla-t-elle. Tu as trop envie. Ça serait pas agréable pour moi.

Elle lui prit la main.

— Viens.

Et c'est seulement chez elle, dans sa chambre, porte refermée, qu'elle l'avait pris dans sa bouche, l'enfonçant jusqu'à la gorge, l'avalant longuement, savamment, moulant sa langue autour de lui, avant qu'il n'explose au fond de sa bouche en un flot long, épais, trop longtemps contenu. Ce qui l'avait particulièrement émue, c'était ce tremblement qui avait envahi le jeune homme, tandis qu'il se déversait en elle, comme s'il se vidait jusqu'à la moelle. C'était son baptême du feu, ça crevait les yeux. Et finalement, passé les premières timidités, il était tout sauf maladroit. Très doué même. Et apprenant vite.

— Viens, souffla-t-il encore.

Il était allongé sur le dos. Elle ondula de la croupe pour se rapprocher de lui. Elle était ronde de partout avec des reins très creusés et des fesses callipyges absolument affolantes. Elle s'agenouilla au-dessus de lui, cuisses écartées. Il ne pouvait détacher son regard de la large fourrure sombre qu'elle portait au bas du ventre, un triangle immense, sauvage et parfumé, une véritable forêt intime, moite et noire.

Elle s'immobilisa à califourchon, une main entre les jambes, tenant à deux doigts contre ses lèvres secrètes l'extrémité du membre lourd et palpitant d'Alexandre.

— Dis-moi, murmura-t-elle soudain. Je ne t'ai jamais demandé. Elle te dit rien, la fille de mes patrons ? Ou tu as essayé de la draguer et elle t'a envoyé sur les roses ?

Il rit, gigotant pour parvenir à la pénétrer. Mais elle le maintenait à l'orée de son ventre, attendant la réponse.

— Pourquoi ? interrogea-t-il.

— Pour rien. Je pense à elle, c'est tout. Elle est plutôt ravissante, non ?

Elle venait de réentendre la voix de Caroline Porreau, derrière la porte du studio, tout à l'heure, quand elle l'avait avertie qu'elle s'absentait pour la journée. Un drôle de ton. Une musique qu'elle avait encore dans l'oreille. Comment disent les Français déjà ? Ah oui, voilà... Une « voix blanche ». Bizarre. Essoufflée et incertaine...

— J'aime pas les jeunes, lâcha Alexandre.

Elle fit semblant de se pincer.

— Charmant pour moi !

— Idiote, rit l'adolescent. Je veux dire que je n'aime pas les pisseuses, tu vois ?

— Tu as surtout peur que ça ne marche pas avec elle, corrigea-t-elle. Tu préfères ne pas prendre de risques...

Le fils de Marc-Antoine Vauvenard, dont on chuchotait qu'il pourrait bien sous peu occuper le poste très envié de secrétaire général du Conseil Supérieur de la Magistrature, enfouit ses longs doigts maigres dans l'épaisse toison de Linda.

GRAND CONCOURS

GERARD DE VILLIERS

PLON

1er prix :
CINQ MILLIONS DE CENTIMES en espèces

2e prix :
Un voyage HAVAS à HONG KONG pour 2 personnes

3e prix :
Un voyage HAVAS à NEW YORK pour 2 personnes

4e prix :
Un voyage HAVAS à DAKAR pour 2 personnes

5e prix :
Une table basse création ROMÉO - Claude DALLE

6e prix :
Un téléviseur AKAI 55 cm

7e et 8e prix :
Un magnétoscope AKAI

9e prix :
Un téléviseur AKAI 40 cm

10e et 11e prix :
Une chaîne HI-FI AKAI

Du 12e au 500e prix :
Un livre de luxe : l'œuvre de P.-Y. TRÉMOIS

RÈGLEMENT DU CONCOURS GÉRARD DE VILLIERS - PLON

Article premier. — La LIBRAIRIE PLON et GÉRARD DE VILLIERS organisent, du 1er MAI 1986 au 31 JUILLET 1986, un concours intitulé : « CONCOURS GÉRARD DE VILLIERS - PLON » réservé aux ressortissants de langue française résidant en France, Suisse et Belgique, à l'exclusion de tout autre pays, ainsi que des membres du personnel de la LIBRAIRIE PLON et du personnel attaché à GÉRARD DE VILLIERS.

Art. 2. — Les résultats seront proclamés avant le 30 SEPTEMBRE 1986.

Art. 3. — Le concours est doté des prix suivants :

1er prix : Cinq millions de centimes (50 000 F) en espèces.

2e prix : Une semaine à HONG KONG pour deux personnes (avion Paris-Hong Kong-Paris, hôtel plus petit déjeuner) d'une valeur de 18 900 F.

3e prix : Une semaine à NEW YORK pour deux personnes (avion Paris-New York-Paris, hôtel) d'une valeur de 15 300 F.

4e prix : Une semaine à DAKAR pour deux personnes (avion Paris-Dakar-Paris, hôtel plus petit déjeuner) d'une valeur de 11 300 F.

5e prix : Une table basse haute décoration, création ROMÉO Claude DALLE d'une valeur de 25 000 F.

6e prix : Un téléviseur AKAI 55 cm - Type CTF 211 d'une valeur de 6 000 F.

7e prix : Un magnétoscope AKAI - Type VS 112 S d'une valeur de 5 900 F.

8e prix : Un magnétoscope AKAI - Type VS 112 S d'une valeur de 5 900 F.

9e prix : Un téléviseur AKAI 40 cm - Type CTS 151 d'une valeur de 5 000 F.

10e prix : Une chaîne HI-FI AKAI - Système PRO A 100 d'une valeur de 4 200 F.

11e prix : Une chaîne HI-FI AKAI - Système PRO A 100 d'une valeur de 4 200 F.

Du 12e au 500e prix : Un livre de luxe : l'œuvre de Pierre-Yves TRÉMOIS d'une valeur de 420 F.

Validité des voyages : du 15 septembre 1986 au 31 janvier 1987.

Art. 4. — Ce concours ne comporte pas d'obligation d'achat. Pour y participer, les concurrents devront remplir intégralement la carte postale qu'ils trouveront chez leur libraire ou dépositaire de livres. Les réponses adressées sur tout autre support ne seront pas acceptées, ainsi que les cartes postales envoyées sous enveloppe. Une seule carte postale sera acceptée par personne et un seul prix sera attribué par foyer.

Art. 5. — Les cartes postales devront être adressées à la LIBRAIRIE PLON, CONCOURS GÉRARD DE VILLIERS, 8, rue Garancière 75285 Paris Cedex 06, avant le 31 juillet 1986, le cachet de la poste faisant foi. Toute carte postale illisible, incomplète ou raturée sera éliminée.

Art. 6. — Pour gagner, il faut répondre aux 13 questions figurant sur la carte postale. En cas d'ex-aequo, un tirage au sort effectué en présence de l'huissier désignera les lauréats.

Art. 7. — La LIBRAIRIE PLON et GÉRARD DE VILLIERS ne seraient être tenus pour responsables pour tout retard et avaries dûs à la poste et au transport.

Art. 8. — Les gagnants des 11 premiers prix seront avisés avant le 30 septembre 1986. Les autres prix seront envoyés avant le 31 décembre 1986.

Art. 9. — La participation au concours implique l'acceptation pleine et entière du présent règlement qui a été déposé à l'étude de Maître PACALON, 17 boulevard Raspail 75007 Paris, ainsi que les réponses aux questions posées.

Art. 10. — Toute difficulté pouvant survenir à l'occasion du présent concours sera tranchée par la Direction de la LIBRAIRIE PLON.

— Ecoute, tu m'embêtes, lança-t-il. J'aime mieux les brunes que les blondes.

Le bout de son index la cherchait, effleurant son clitoris durci. Elle eut un petit soubresaut avant-coureur du plaisir.

— Et puis je suis sûr qu'elle est nulle au lit, ajouta-t-il. Ça n'a pas l'air de l'intéresser du tout, ces trucs-là !

— Ah ! murmura Linda. J'avais raison : tu as essayé de la draguer et tu t'es planté.

Il la prit aux hanches.

— C'est toi que j'ai envie de planter, souffla-t-il d'une voix brûlante.

Vaincue, elle se laissa tomber sur lui et s'empala longtemps. A chaque fois c'était pareil. Elle n'en revenait pas. Il n'en finissait pas de s'enfouir en elle, de la remplir, de forcer le fond de ses muqueuses trempées. Elle se mit à roucouler des « Oui ! Oui ! » précipités qui allèrent crescendo jusqu'à leur explosion commune.

***

Dans l'entrée de l'appartement des Porreau, Linda s'appuya au rebord d'une console Louis-Philippe en acajou surmontée de lampes en opaline.

« La tuile, pensa-t-elle. Il fallait bien que ça m'arrive pendant leur absence ! »

Elle avait tout de suite compris en redescendant au deuxième étage, vers dix-sept heures. Rien qu'à la serrure dévastée. Le ou les cambrioleurs n'y étaient pas allés de main morte. Des copeaux de chêne jonchaient le paillasson. On avait tranquillement défoncé le battant. Et dire qu'elle n'avait rien entendu là-haut, avec Alexandre ! Un vertige l'envahit. Heureusement qu'à midi elle avait averti Mademoiselle qu'elle sortait. Celle-ci pourrait témoigner qu'elle n'était pas dans l'immeuble quand l'appartement de ses maîtres avait été visité.

D'ailleurs, la première responsable c'était Caroline elle-même. Parce que, malgré la recommandation de Linda, elle avait oublié de brancher les alarmes. Si elles l'avaient été, elle les aurait entendues, bien sûr! Ça faisait des mugissements de sirène qu'on pouvait percevoir jusqu'aux hauteurs de Montmartre...

Ce qu'il y avait de bizarre c'est que rien n'avait été bousculé. Pas de saccage ni de vandalisme. Certains tiroirs étaient ouverts et des objets avaient disparus des étagères, des bibelots surtout, mais la fouille ne devait pas avoir été très approfondie.

Elle se dirigea vers le bureau de son patron et chercha l'adresse qu'il lui avait laissée. Celle de l'hôtel où M. et Mme Porreau se trouvaient, en Suisse.

Elle commença à composer le numéro puis s'interrompit.

Ils avaient beau être des maîtres plutôt décontractés et gentils avec elle, ils allaient la rendre responsable du cambriolage, c'est certain. Et même peut-être la virer.

Elle passa une main tremblante sur son front. Le pire, c'est qu'elle allait être obligée de dormir dans l'appartement, tant que la porte ne serait pas réparée. Elle pouvait dire adieu à ses galipettes avec Alexandre, dans sa chambre du sixième.

L'excitation de tout à l'heure, là-haut, était retombée d'un coup. Il ne lui restait qu'une sensation de brûlure au bas-ventre, là où ils s'étaient étrillés mutuellement à tant de reprises, et si sauvagement qu'elle ne se souvenait même plus combien de fois ils avaient fait l'amour.

Elle se laissa tomber dans un fauteuil.

Il fallait qu'elle réfléchisse.

***

L'inspecteur divisionnaire Boris Corentin releva la tête, agacé.

— Tu crois que tu vas y arriver, Mémé ? questionna-t-il.

— Je voudrais t'y voir, gémit l'inspecteur principal Aimé Brichot. Tu crois que je suis entré dans la police pour devenir dactylo, peut-être ?

Boris sourit. Ça faisait quinze ans qu'il voyait Brichot, plusieurs fois par semaine, recommencer la même opération. Et la rater. Il faut dire qu'installer sept feuillets munis de leurs carbones dans un rouleau de machine à écrire ne se fait pas par enchantement. Il y a évidemment toujours une feuille rebelle qui refuse de s'aligner sur les autres. En tout cas, ça faisait dix bonnes minutes que Brichot s'escrimait à réaliser cette opération délicate, préalable à tout interrogatoire qui se respecte.

— Alors ? dit-il quand il eut enfin réussi à maîtriser les feuilles récalcitrantes. Tu continues à jouer au mariole, ou tu te mets à table ?

Farid Al-Azzar s'agita de l'arrière-train sur sa chaise tubulaire, au milieu du bureau des Affaires Recommandées, au deuxième étage du 36 quai des Orfèvres. Mal à l'aise. Quand ces deux flics, le chauve et le super-baraqué, avaient visité son appartement, en début d'après-midi, ils y avaient trouvé de quoi monter un fond de commerce d'électro-ménager. Ainsi que deux ou trois sachets d'héroïne pourtant ingénieusement dissimulés dans le double fond pratiqué dans la mangeoire à grains d'un canari dont la cage était posée sur le rebord de la fenêtre.

« Appartement » était peut-être un grand mot pour désigner le logement du Tunisien. Placard à balais aurait été plus approprié. N'empêche qu'il avait essayé de nier : il n'était pas le locataire en titre de cette piaule délabrée dans une rue minuscule et sombre du quartier de la Montagne Sainte-Geneviève. On la lui avait prêtée pour quelques jours, et malheureusement il était tout à fait incapable de donner l'identité du locataire. Lequel bien sûr avait acquis de la façon la plus honnête qui soit les auto-radios, appareils photos et magnétoscopes s'entassant autour du grabat qui servait de lit...

Malgré les protestations vertueuses de Farid, lesdits objets avaient pris le chemin du quai des Orfèvres, où ils étaient venus grossir les stocks déjà impressionnants de matériel volé récupéré les jours précédents. On allait tout mettre sous scellés. Puis vérifier les numéros des appareils. Dont les propriétaires, pour la plupart, avaient certainement déclaré la disparition...

— Alors ? reprit Brichot après avoir tapé l'identité de Farid. Tu nous racontes ce que tu sais ou tu préfères qu'on y passe la nuit ?

— Sur la tête de ma mère..., pleurnicha le Tunisien.

Il faisait visiblement un gros effort pour arriver à pleurer. Ça lui plissait toute la figure et ce n'était pas joli à voir.

— Laisse ta mère tranquille, l'interrompit Corentin. Les auto-radios, les magnétoscopes qu'on a retrouvés chez toi...

— C'est pas chez moi, monsieur l'inspecteur, je vous l'ai déjà dit.

Corentin soupira.

— Et ça, tu connais ?

Il lui brandissait sous le nez les sachets de poudre blanche. Celui qu'on avait trouvé sur lui, et ceux qu'on avait découverts dans la cage de sa perruche.

— Tu vas nous dire que c'est ta perruche qui se came ? questionna Brichot.

L'autre papillota des paupières.

— Je ne sais pas ce que c'est, protesta-t-il.

— Tu ne sais pas ?

— Mais non !

— On a trouvé un sachet dans ta poche !

— On l'y a mis, monsieur l'inspecteur. C'est le type avec qui je prenais un verre qui l'y a placé quand vous êtes entrés.

Il ouvrit les bras, statue exemplaire de l'innocence.

— Moi j'ai pas de drogue !

— Ah ! grogna Brichot, parce que tu sais quand même que c'est de la drogue ?

Le Tunisien ravala sa glotte.

— J'en ai déjà vu. Comme tout le monde.

— Où ?

— Je ne sais pas. Chez des copains, je crois...

Corentin se rapprocha.

— Et les deux mille cinq cents francs qu'on a trouvés sur toi ? Tu ne connais pas non plus ?

L'autre ignorait bien entendu qu'ils provenaient des fonds secrets de la Brigade Mondaine.

— C'est mes économies, mentit-il tranquillement.

Corentin et Brichot se regardèrent. Il y avait des moments où la patience était plus qu'une vertu. Quelque chose comme un sacerdoce. Ça faisait pas mal d'années que c'était formellement interdit de taper sur les suspects, mais quand ceux-ci faisaient trop les marioles, c'était vraiment de la sainteté de ne pas se dégourdir les doigts en leur cassant quelque chose.

— Si je comprends bien, murmura Brichot, tu dis que M. l'inspecteur, qui a lui-même trouvé le sachet de came dans ta poche, est un menteur ?

L'autre se bloqua, réfléchissant. C'était délicat de prétendre qu'un flic français mentait. Mais par ailleurs, il ne pouvait pas se résigner à reconnaître qu'il disait la vérité...

En gros, il était dans l'impasse.

Il ferma les yeux.

— Si je vous indique quelque chose, un très gros coup... Vous m'aiderez à m'en tirer ?

Roulant des épaules, Corentin regagna lentement son bureau, entre les murs beige clair du local des Affaires Recommandées. Il s'y laissa tomber, faisant durer le silence.

— Tu n'es pas vraiment en position de poser tes conditions, fit-il enfin. Dis toujours. On verra ensuite si ça nous donne envie de t'aider à ne pas passer trop d'années en prison.

Il se gratta l'arête du nez.

— Tu es marié, Farid ?

L'autre avait une lueur de panique dans le regard.

— Oui, monsieur l'inspecteur.

— Et tu as des enfants, bien sûr ? En Tunisie ?

— A Tunis, monsieur l'inspecteur.

— Et tu aimerais bien les revoir, n'est-ce pas, avant d'avoir dépassé l'âge de la retraite ?

Silence. Angoisse.

— Alors on t'écoute, fit posément Boris Corentin. Et tu as tout intérêt à nous raconter des trucs vraiment excitants...

CHAPITRE VIII

La première chose que fit Caroline en se réveillant, fut de refermer les cuisses. La chambre était glacée et un vent traître passait sous la porte. Son second réflexe fut de penser qu'elle avait dormi ainsi, jambes écartées, slip à moitié déchiré sur son entrejambe. Son troisième réflexe consista à parcourir le décor avec un regard de dégoût. La chambre de Julien, rue des Ecoles, avec ses murs lézardés où un vieux papier peint décoloré s'étalait encore par plaques. La quatrième chose à laquelle elle pensa, ce fut à sa vie d'autrefois, quand elle était encore une adolescente comme les autres. Il y avait si peu de temps, au fond. L'époque des études au collège. Quand la réalité était bien claire et nette. Ses premières soirées. Ses premiers « rallyes ». Quelques flirts innocents. Les réceptions de ses parents où elle faisait des apparitions, de temps en temps, histoire d'entendre son père s'y faire complimenter par un membre de la Cour des Comptes, un grand patron du privé ou un professeur du Collège de France, sur la beauté de sa fille unique... Il y eut même en elle, pour la première fois, depuis huit jours, une sorte de regret vague de n'avoir pas accompagné ses parents en Suisse comme ils le lui avait proposé avant tant d'insistance.

La bouche amère, les jambes molles, elle se releva lentement. Envahie d'un sentiment de fatalisme inexorable. Ce qui était fait était fait. Son père et sa mère ne pouvaient pas comprendre. Ils évoluaient dans un autre monde qu'elle à présent. Et pourtant, est-ce que ce n'est pas eux qui lui avaient appris que tout est permis ? Qui lui avaient raconté les slogans qu'ils chantaient dans les manifs, au temps de leur jeunesse, aux alentours de 68, et qui disaient qu' « il est interdit d'interdire », que la jeunesse a tous les droits, que le vieux monde n'était plus qu'une ruine depuis longtemps vermoulue, que toute les « valeurs » de la société étaient aliénantes et qu'il fallait les détruire ? Même si Laurent et Françoise s'étaient bien recyclés depuis dans l'*establishment*, ils avaient tout de même élevé leur fille dans le souvenir ému de la grande révolte d'autrefois. L'ouragan avorté de Mai 68. Pas si avorté que ça, d'ailleurs. Laurent et Françoise, ses parents, faisaient partie de cette génération qui a cru, pendant quelques années, tout mettre par terre et reconstruire la société sur de nouvelles bases. L'entreprise ayant échoué, ils s'étaient réadaptés rapidement au « système » jusque-là détesté. Mais sans pouvoir adhérer vraiment aux valeurs qui avaient soutenu pendant des décennies le système en question. Qu'est-ce que signifiaient pour eux des mots comme le sens de l'honneur, le respect, la rigueur, la morale ? Des idées simples, mais désormais dépourvues de signification. Ils n'avaient pu les inculquer à leur fille unique, eux qui avaient, comme tout le monde, crié « tout, tout de suite ! » en 68. Même leur rôle de parents ils n'avaient pas voulu vraiment le jouer à fond. Ils avaient essayé au contraire d'être des « amis » de Caroline. Des « copains ». De ne rien lui imposer. Ou le minimum. Pas de lois, d'interdits ni de brimades. Une éducation « permissive », comme on dit. Un comportement représentatif de tant de pères et de mères de cette génération.

La conséquence de tout ça tenait peut-être en deux chiffres. Implacables. Ecrasants.

En 1965, la France comptait à peu près deux cents

héroïnomanes recensés. Elle en compte aujourd'hui deux cent mille...

Caroline s'ébroua. Son manteau avait ramassé la moitié de la poussière du plancher. Par la fenêtre sans rideaux, un ciel couleur de tache graisseuse s'étendait au-dessus de Paris. Un ciel pâle et sale de nuit d'hiver. Un ciel de neige avec la très vague lueur, là-bas, très loin, tout au bout des toits de la ville, du jour encore à naître. Elle regarda sa montre : à peine 6 h 30 du matin.

— Qu'est-ce que tu fais ? murmura-t-elle d'une voix pâteuse.

A l'autre bout de la chambre délabrée, Julien aussi était réveillé. Blême. Ebouriffé. Plus aucune jeunesse sur son visage. Et il avait à peine vingt-deux ans.

Il lui tournait le dos, debout, penché en avant sur quelque chose qu'elle ne voyait pas.

— Fous-moi la paix ! grogna-t-il.

Elle se rapprocha.

— Il fait froid dans ta piaule.

— Electricité coupé, expliqua-t-il.

Plus de gaz non plus. Plus rien. Un de ces jours, il serait viré de sa chambre par la propriétaire auquel il avait cessé depuis belle lurette de payer ses loyers. Ses parents, un couple d'agriculteurs vivant en Normandie, ne lui envoyaient plus d'argent non plus. Depuis le jour où, chez eux, il s'était piqué. Presque sous leur nez. Ils l'avaient chassé en lui interdisant de remettre jamais les pieds à la maison. Pestiféré... Tout le monde le rejetait. Il n'avait plus d'avenir. Le monde réel était devenu hostile. Intégralement. Ennemi.

— Qu'est-ce que tu fais ? questionna-t-elle à nouveau.

Elle était près de lui. Elle se bloqua. Comprenant, d'un coup d'œil par-dessus son épaule, le manège auquel il était en train de se livrer. Elle se détourna et se dit qu'elle allait vomir.

Longtemps après, l'image de Julien en train d'uriner dans une casserole puis de remplir une de ses seringues avec ce liquide jaunâtre, de se passer le garrot, de serrer, de glisser d'un geste vif l'aiguille entre ses lèvres (1) puis de se l'enfoncer dans la veine, au pli du coude gauche, longtemps après cette image sordide, répugante, devait rester imprimée dans les rétines de la jeune fille. L'ultime recours des défoncés au dernier degré, quand ils n'ont plus de came sous la main, qu'ils ne peuvent plus s'en acheter et que le manque les travaille. Abominable mais logique : l'urine des héroïnomanes contient toujours quelques traces des shoots précédents. En se l'injectant ils peuvent toujours espérer se procurer un semblant de flash. Dérisoire, bien entendu. Mais au point où ils en sont, ils n'ont plus le choix.

Bouleversée, Caroline posa une main sur l'épaule du jeune homme.

— Julien...

Il s'était assis. Il attendait l'éblouissement. L'indispensable jouissance qui ne venait pas bien sûr...

— Fous le camp ! cracha-t-il.

Il avait relevé vers elle un visage gris. Désespéré. Pommettes creusées. Le masque de la mort, pensa Caroline.

— C'est fini pour moi ! cria-t-il. Fous le camp, tu entends ?

C'est seulement en bas de l'immeuble, sur le trottoir de la rue des Ecoles, qu'elle s'aperçut qu'elle n'avait plus les deux mille cinq cents francs donnés par l'antiquaire, la veille. Disparus. Un instant, elle pensa que c'était Julien qui l'avait volée. Elle secoua la tête.

Si le malheureux s'était emparé de l'argent, il n'aurait pas été, en cette aube sinistre, en train d'essayer de se piquer avec sa propre urine.

(1) Un geste presque « rituel » des drogués, qui est à l'origine de pas mal d'hépatites à virus puisque ainsi ils mettent sur l'aiguille avec laquelle ils vont se piquer tous les germes microbiens qu'ils ont dans la bouche.

Pour la première fois depuis son réveil, elle revit un autre visage. Rond et roux. Avec des yeux très bleus, presque laiteux. Comment il avait dit qu'il s'appelait déjà ? Charles, ça devait être ça...

« L'ordure, pensa-t-elle. C'est lui qui m'a dévalisée. »

Le reste aussi lui revenait en mémoire. L'espèce de viol qu'elle avait subi. Ce type roux couché sur elle, allant et venant brutalement entre ses cuisses. En psalmodiant des phrases incompréhensibles. Elle l'avait laissé faire. Consciente mais indifférente. Flottant très loin. Pantelante. Infiniment lasse, d'une fatigue délicieuse. Ce n'est pas pour rien que les drogués ont inventé le terme « planer » pour décrire leur état, dans ces situations-là. C'est comme si le sol s'enfonçait, les murs s'écartaient, comme si on s'élevait à toute allure dans les airs.

« Il faut que je remonte, pensa-t-elle. Que je demande à Julien l'adresse de cette ordure... »

*
**

La neige était retombée pendant la nuit. Les trottoirs étaient d'un blanc immaculé. A cette heure de l'aube, pas la moindre voiture dans les rues.

Caroline se laissa retomber sur le siège de cuir de la Ferrari, abandonnée la veille place Maubert, en face du café où elle avait vu Farid, son dealer, disparaître entre deux flics. Grelottante, son haleine, en épais nuages blancs, couvrit très vite le pare-brise. Elle alluma le chauffage.

Charles Garnier... La *Ferme Sainte-Catherine*. A Bourigny. Un petit patelin du Vexin. Ça avait été plutôt coton d'arracher les renseignements à Julien, mais c'était fait. Maintenant, elle se sentait un peu plus calme. D'abord récupérer le reste du fric que lui devait encore Marc Darmont, l'antiquaire. Ensuite elle prendrait la route en direction de Bourigny. Prête à aller maintenant jusqu'au bout de l'expédition punitive.

« J'ai faim », pensa-t-elle.

Dans l'habitacle de la Ferrari, le chauffage commençait à chasser la température sibérienne. Elle se souvint qu'elle n'avait rien mangé dépuis... Depuis quand, au fait ? Son dernier repas remontait à avant son départ avec Valéry pour Boisherpin. Presque quarante-huit heures. Depuis, elle avait été violée, volée, humiliée. On lui avait menti, on l'avait giflée, on l'avait soumise à des caprices immondes. Elle avait perdu sa virginité dans les conditions les plus atroces. Mais qu'est-ce que c'était toutes ces épreuves à côté du besoin qui reprenait le dessus, à présent ? Le manque. La voix vorace, insatiable, de son organisme, la voix au fond d'elle réclamant de nouveau sa dose...

Même la faim, à côté, était une plaisanterie.

Elle commença à sillonner les rues désertes, cherchant des yeux une boulangerie ou une épicerie ouvertes. Mais les rideaux de toutes les boutiques étaient encore hermétiquement clos.

Elle obliqua vers la Seine.

D'abord se rendre chez Marc Darmont, l'antiquaire, quai des Grands-Augustins. Tant pis si elle le réveillait. Il lui avait promis l'argent. Elle saurait le lui faire cracher. Il lui devait bien ça : l'objet qu'elle lui avait vendu valait au moins cinq fois ce qu'il lui avait proposé.

Elle enfonça une cassette dans le lecteur de la radio de bord. Immédiatement, une voix chuchotée, enveloppante, troublante, envahit l'habitacle. Une des dernières mélodies de Sade, la merveilleuse métisse au visage de gazelle sophistiquée. *Promise,* son deuxième album... Un jazz léger, entêtant comme une confidence langoureuse...

*
**

Au cinquième étage de l'immeuble où il avait sa boutique, Marc Darmont possédait depuis deux ans un appartement minuscule mais ravissant dont il était très fier. Une sorte de bonbonnière, dans les tons pastel qui n'avait qu'un inconvénient : les nuits d'été, en particulier, les pièces donnant sur le quai des Grands-Augustins étaient visitées, fouillées littéralement par les phares puissants des bateaux-mouches passant sur la Seine. Ça faisait des illuminations gratuites qui n'étaient pas du goût de tous les riverains mais qui plaisaient beaucoup aux touristes. Marc avait mené en vain pas mal de campagnes de pétitions et de protestations contre la puissante compagnie des bateaux-mouches.

A présent, il ne risquait plus de s'énerver contre ces intrusions intempestives.

Couché par terre, sur la moquette marron glacé, au milieu du living, sa tête faisait avec le reste de son corps un angle qui défiait les lois les plus élémentaires de l'anatomie. Entre le moment où elle l'avait vu pour la dernière fois et ce matin, il avait dû lui arriver une bricole du genre rupture des vertèbres cervicales. Quelque chose comme ça. Le type d' « accident » qui ne vous arrive pas tout seul, par enchantement.

Sur le palier du cinquième, Caroline ne s'était pas étonnée de trouver la porte de l'appartement de l'antiquaire ouverte. Elle n'avait pas eu le temps de se poser de questions. Elle avait tout de suite plongé dans l'horreur.

Une catastrophe d'un genre sismique semblait être passée sur l'appartement. Des meubles avaient été renversés, une partie du papier des murs décollée. Ou Darmont avait été pris d'une crise de folie furieuse, ou il avait reçu la visite de quelqu'un qui n'avait pas d'intentions particulièrement amicales.

Ce qu'elle voyait surtout, c'est que deux mille cinq cents francs supplémentaires promis lui passaient sous le nez. Furieuse, elle chercha des yeux autour d'elle.

Où pouvait-il bien planquer son fric, s'il en avait ? Elle redressa une table en acier strié dont elle ouvrit le tiroir. Rien que des papiers. Et des clés. A l'une d'elles était accrochée une étiquette : « magasin ».

Elle s'en empara. C'est de là qu'elle appellerait la police. Anonymement, bien sûr. Elle ne tenait pas spécialement à se mettre en avant.

Soulagée de quitter l'appartement dévasté, elle referma la porte.

C'est cinq minutes après son départ que deux silhouettes, restées immobiles dans la cuisine, accroupies derrière l'énorme congélateur de Darmont, se décidèrent à bouger.

Les deux hommes grognèrent en se redressant.

Ça ankylose de rester comme ça planqué pendant trop longtemps.

*
**

La boutique, elle, n'avait pas encore été visitée. Caroline raccrocha le combiné téléphonique. Si, à l'autre bout du fil, le flic l'avait comprise, c'est qu'il était vraiment doué. Caroline elle-même avait été stupéfaite de l'espèce de chevrotement inaudible qui sortait de sa gorge pendant qu'elle indiquait à la police l'adresse et le nom de l'antiquaire. Après tout, Marc, elle l'aimait bien. Un vieil ami de son père. Alors qu'elle était toute enfant, il venait déjà à la maison. Ça lui faisait drôle de l'avoir découvert dans cet état.

C'est en replaçant l'appareil téléphonique dans son logement que son regard tomba sur l'écritoire turc, juste à côté de l'appareil. L'objet qu'elle avait « vendu » à Darmont la veille.

Elle l'enfouit rapidement dans son sac et ressortit comme elle était entrée, c'est-à-dire par la porte de l'arrière-boutique qui donnait sur la cour de l'immeuble.

Le jour était levé à présent. Si on pouvait appeler ça comme ça. Du jus de serpillière plutôt.

Elle regagna la Ferrari. Maintenant son estomac recommençait à bouillir. A réclamer sa dose. Elle avait froid. Horriblement froid aux jambes. Aux pieds surtout. Comme s'ils étaient congelés.

Elle se laissa retomber devant le volant. Ne pensant plus qu'à une chose : retrouver de quoi se payer cet éclatement de mille lumières, ce feu d'artifice fabuleux qu'on appelle le flash de l'héroïne.

Sa recherche recommençait. Sa fuite en avant. Qui n'aurait jamais de fin. C'est ça le secret que les drogués ne connaissent pas, au début, lors de la première piqûre. Jamais de fin. Jamais. La torture quotidienne. Le besoin jour après jour. Jusqu'à la dernière chute dans le néant.

CHAPITRE IV

Cela faisait à peine vingt-quatre heures que Boris Corentin et Aimé Brichot « planchaient » sur le gros coup dont Farid Al-Azzar le dealer qu'ils avaient serré, avait fini par leur parler, lorsque le téléphone sonna, en fin d'après-midi de mercredi, dans la minuscule chambre d'hôtel de la place de Stalingrad où ils planquaient depuis le début de la journée.

— J'espère que je ne vous dérange pas, Corentin ?

Au bout du fil, l'éternelle voix nicotinisée à mort du chef de la Brigade Mondaine. Charlie Badolini. Rien qu'à l'entendre, même à des kilomètres, on se sentait au bord de l'overdose de tabac. Au dernier stade de la bronchite chronique. Juste avant le cancer du poumon. En résumé, rien qu'à l'oreille, c'était le genre de voix qui donnait irrésistiblement envie d'aérer les locaux...

— Pas le moins du monde, murmura Corentin. Ici, les choses sont plutôt calmes, patron.

Il laissa son regard errer sur le décor. Minable. Etouffant. Pire : crasseux. Papier peint d'avant la Première Guerre mondiale, lit affaissé où on préférait ne pas savoir ce qui avait pu se passer, chaises branlantes et douche en panne. L'*Hôtel du Nord et du Commerce* de la place Stalingrad était du genre chef-d'œuvre en péril dans la catégorie sordide. L'unique fenêtre de la chambre qu'ils avaient louée donnait à la fois sur les eaux gelées du Bassin de la Villette et sur le métro aérien dont les rames hurlantes secouaient tout le quartier à intervalles réguliers. Sans oublier un ciné, à l'angle d'une rue qui partait de la place en biais, où on jouait des chefs-d'œuvre intitulés *Fantasmes mouillés, Trous en chaleur, Mon beau-frère a baisé ma sœur* et *Demoiselle en levrette.* Rien que des films de cinémathèque, comme on voit.

Avec l'approche du soir, de rares clients s'engouffraient dans le cinéma après avoir, bien entendu, rasé les murs. Le pire encore, ça avait été ce matin la tête du patron de l'hôtel, quand Boris et Aimé avaient débarqué après avoir retenu la chambre par téléphone. Pas réprobatrice d'ailleurs, la tête du taulier. Au contraire. Complice. Presque hilare, à vrai dire. Il devait trouver que ce grand costaud brun doté de paquets de muscles un peu partout, et ce petit chauve et sec à moustache en brosse, formaient le couple du siècle. Il était au bord de leur donner sa bénédiction la plus grivoise. Mais Corentin, excédé, avait fini par exhiber sa plaque de police, et la lui mettre sous le nez, histoire de lui faire comprendre qu'il se trompait de film.

Du coup, l'autre était devenu tout miel. Hilare et complice toujours, bien entendu, mais nettement moins grivois. Flatté même d'être au parfum. Ou presque.

— Excusez-moi, avait-il dit pompeusement. Je n'étais pas dans le secret des dieux !

— Maintenant que vous y êtes, coupa Corentin, vous avez intérêt à garder ça pour vous.

— Ça va sans dire ! s'exclama le taulier, presque vexé.

— Ça va encore mieux en le disant, précisa l'inspecteur divisionnaire de la Brigade Mondaine au bord de ne plus être vraiment poli.

Ça, c'était ce matin. Depuis, ils mijotaient tous les deux dans une chambre dont même un couple de rescapés du Sahel n'aurait pas voulu pour leur nuit de noces. Pourtant, avait fait remarquer Corentin à Brichot, c'était mieux, comme conditions, que la plupart de leurs planques habituelles. Ça les changeait des stations interminables en plein vent, des filatures à user trois paires de chaussures ou des heures passées dans une vieille caisse banalisée, une camionnette trafiquée avec des œilletons de surveillance camouflés dans les trous de rouille de la carrosserie.

— Il faut voir le bon côté des choses, Mémé, avait conseillé Boris. Ici on a chaud, on a des chaises pour s'asseoir, et même un lit pour faire la sieste !

Brichot avait haussé les épaules. pas convaincu. Déjà qu'il était plutôt réticent à propos de cette affaire de came sous prétexte que le Tunisien qui la leur avait indiquée ne lui inspirait pas confiance, c'était le moins qu'on pouvait dire. En plus, ils étaient bloqués ici pour un temps indéterminé, et tout ce qu'ils pouvaient espérer manger d'ici la fin de la planque, c'était d'horribles sandwiches que le patron allait leur chercher au bistrot à côté. Eux, Boris et Aimé, c'était le bistrot d'en face qui les intéressait. Juste de l'autre côté de la place. *L'Espérance*... Un troquet comme les autres, aurait-on pu croire. Plutôt glauque. Avec l'approche de la nuit, *l'Espérance* avait fini par s'illuminer. Ce qui brillait encore le plus fort, c'était les flippers qu'on apercevait très nettement de la fenêtre de l'hôtel, scintillants et clignotants comme des arbres de Noël.

La seule compensation morale que Brichot avait trouvé à leur réclusion, c'était la manipulation de l'appareil photographique. Un superbe engin très perfectionné et muni d'un puissant téléobjectif. Depuis quelque temps, chaque groupe d'inspecteurs est équipé de matériel ultra-moderne, et l'habitude d'utiliser la photo entre peu à peu dans les mœurs des policiers. Tardivement. Il faut dire que, jusqu'à une date récente, il fallait faire une demande d'appareil photo en triple exemplaire et ça décourageait les bonnes volontés... Surtout qu'au regard de la loi, un cliché ne constitue jamais une preuve. On transmet des photos à la Justice, et c'est au Tribunal de se faire une opinion. N'empêche que ça peut être utile en certaines occasions.

— Par exemple quand on interrogera tous ces types, avait dit Boris Corentin. S'ils se voient en pleine activité, sur le trottoir, devant *l'Espérance,* ça les aidera certainement à parler...

« Ces types », depuis le début de la journée, il y en avait déjà pas mal de couchés sur la pellicule sans le savoir. Finalement, Farid Al-Azzar ne leur avait peut-être pas balancé un tuyau si pourri que ça, quand il avait fini par craquer, se rendant compte qu'il était coincé. Même qu'il avait juré une fois de plus sur la tête de sa mère que, cette fois, il ne mentait pas. Grâce à lui, on allait peut-être réaliser une très grosse prise. D'après son récit, le bar de *l'Espérance* de la place Stalingrad était, depuis quelques mois, le point de rendez-vous d'un important réseau de grossistes. Sans être directement mêlé au trafic, le patron du bistrot fermait l'œil sur les allées et venues de ses clients. Surtout que ceux-ci, toujours d'après Farid, avaient le bon goût d'aller terminer leurs transactions dehors. Ce qui, au moins en principe, innocentait le patron. Un système classique mais imparable. L'amateur de came — de la coke et de l'héroïne principalement — entrait, prenait un verre avec l'un des trafiquants, puis les deux hommes ressortaient et le vendeur allait chercher la marchandise un peu plus loin. Sous l'un des sièges d'une voiture garée en face, à l'angle de l'avenue Jean-Jaurès. Une vieille Peugeot 104 hors d'usage, avait précisé Farid. Il était bien renseigné : la 104 promise était là, sous leurs yeux, et depuis le début de la matinée, Boris et Aimé avaient pu assister plusieurs fois au manège que le Tunisien leur avait décrit. Au pif, il y avait au moins trois grossistes. Quant aux clients, ils en avaient compté une dizaine depuis leur arrivée. Les affaires n'étaient pas mauvaises...

— Désolé de vous déranger, reprit au bout du fil la voix tabagique de Charlie Badolini, mais on a une grosse affaire qui nous déboule dessus et je ne vois pas à qui je pourrais la confier à part vous, Corentin.

Il y eut plusieurs quintes à l'autre extrémité de la ligne. A en ébranler les fondations du Quai des Orfèvres.

— Enfin..., une grosse affaire si on veut, reprit le patron de la Brigade Mondaine après cette opération de ramonage des bronches. Ça dépend comme on la regarde, bien sûr. Pour le moment, elle est grosse surtout parce qu'elle m'arrive de très haut. Elle me dégringole sur le coin de la figure avec l'accélération due à la distance. Depuis le ministère de l'Intérieur, en passant par le préfet de police et le directeur de la PJ. Ça vous dit quelque chose ?

— Ça fait du monde, en effet, souffla Corentin.

— Inutile de vous dire qu'il s'agit de quelque chose de délicat. Très. J'aimerais mieux vous parler de ça de vive voix. Vous pouvez laisser Brichot seul ?

Pour le moment, Brichot faisait clignoter son appareil frénétiquement. Pour la quatrième fois de la journée, un grand type très bien sapé venait d'entrer au café *l'Espérance* puis en ressortait précipitamment et, comme les autres fois, se postait devant la porte comme s'il faisait le guet. Ce qui avait intrigué Brichot et Corentin dès le début, c'est qu'il n'arrêtait pas de se moucher. Le geste habituel de ceux qui « sniffent »...

D'après Farid Al-Azzar, les « grossistes » de la place Stalingrad attendaient incessamment la visite d'une « huile » très haut placée. Un trafiquant de haut vol qui devait débarquer en France d'un jour à l'autre pour un bref séjour dans l'Hexagone, histoire d'y régler quelques problèmes et de remettre de l'ordre, peut-être, dans les réseaux vulnérabilisés par le harcèlement continuel de la police. Même si la drogue n'a jamais autant qu'aujourd'hui circulé en France, les trafiquants se sentent de moins en moins tranquilles... D'où le passage par Paris d'un de ces gros bonnets disparus depuis la fin de la *French Connection*. Le type en question, avait précisé Farid, devait venir de Thaïlande après une escale en Afrique du Nord et une autre à Amsterdam, le grand marché international de la came en Europe. C'était ça, bien entendu, qui avait excité Corentin et Brichot qui n'étaient pas du tout contre la perspective de faire un brin de causette avec l'« huile » en question...

— Je peux laisser Brichot seul, murmura Corentin. Il va s'ennuyer mais enfin...

— On pourra peut-être lui envoyer Rabert ou Tardet, répondit le chef de la Brigade Mondaine. De toute façon, vous, il faut que vous démarriez sur cette nouvelle affaire. Ça urge. Je vous attends.

Il fallut dix minutes à Brichot pour se résigner à rester seul dans cette piaule d'hôtel folichonne.

— Et ne t'endors pas, vieux frère! recommanda Boris en riant.

— Tu parles! grogna Aimé. Avec les bruits de bidets dans les chambre voisines...

Depuis le début de la journée, c'était un va-et-vient incessant dans l'hôtel. Ils avaient eu droit à tout. Les gémissements, dans les chambres d'à côté, disaient clairement qu'on ne venait pas ici pour faire brûler des cierges. Ça allait du gloussement de fille chatouillée jusqu'au hurlement final en passant par toute la gamme des protestations ou approbations habituelles. Pour finir par d'abondantes cataractes de bidet. C'est fou ce que, de l'autre côté d'un mur, une étreinte amoureuse peut ressembler — auditivement — à un assassinat. Après lequel le meurtrier et sa victime ressuscitée se lavent abondamment en discutant de choses et d'autres...

— Tu as idée de ce que Baba mijote? demanda Brichot.

Boris haussa les épaules.

— Aucune. Mais au son de sa voix ça avait l'air sérieux.

Boris disparu, Brichot reprit sa posture de chasseur

d'images derrière les vitres, dont il avait bloqué les voilages légèrement écartés en les coinçant dans le cadre de la fenêtre à l'aide de petits morceaux de carton. Il soupira, maudissant ses dix-huit ans : l'époque où il s'était dit qu'entrer dans la police, c'était prendre une assurance tous risques contre l'ennui. Un passeport pour l'aventure...

CHAPITRE X

Le chef de la Brigade Mondaine, le commissaire divisionnaire Charlie Badolini, passa une main mal assurée sur son front piqueté de sueur.

— J'ai l'impression que je couve la grippe du siècle, murmura-t-il. Sale temps, hein ? Il paraît que les gens tombent comme des mouches, en ce moment.

Boris Corentin retraversa le bureau du patron et vint se rasseoir dans un des fauteuils Empire aux accoudoirs en forme de griffes de lion qui faisaient face à Badolini. Il avait traversé Paris en à peine un quart d'heure, tellement le froid, ce soir, était dissuasif. Les trottoirs étaient presque déserts. Fait exceptionnel dans la capitale, la neige s'accrochait. C'était devenu une espèce de couche de gel sale et craquante. Une croûte qui donnait l'air à la ville d'être tombée dans un congélateur géant et malpropre.

— Vous ne savez pas ce que je donnerais pour être au lit, ce soir, avec une bouillotte, soupira le chef de la Brigade Mondaine.

Boris sourit, se demandant si la fébrilité du patron était vraiment due à une grippe imminente ou s'il ne fallait pas plutôt en chercher la raison dans le paquet de chewing-gum, là, posé sur le cuir fauve du bureau, et dont il avait repéré la présence dès son entrée. Un paquet de chewing-gum qui ressemblait à des tas de paquets de chewing-gum mais qui n'était pas du chewing-gum. Il y avait dessus une inscription que Boris lut au vol : Nicoret. Le patron de la Brigade Mondaine avait entrepris de s'infliger un nouveau martyre. La rituelle épreuve de désintoxication. Ça avait lieu en général à peu près deux fois par an, et pendant toute la période que durait la tentative, Badolini n'était évidemment pas à prendre avec des pincettes. Depuis que Corentin le connaissait, il l'avait vu essayer tous les systèmes possibles et imaginables. Depuis l'auriculothérapie (le célèbre fil dans l'oreille qui a fait courir tout Paris il y a quelques années) jusqu'à l'homéopathie en passant par l'acupuncture et même l'hypnose. Sans oublier ces horribles bonbons au protéinate d'argent qui sont censés vous dégoûter du tabac. L'ennui c'est qu'ils vous dégoûtent du reste également et vous flanquent des nausées carabinées. Maintenant il en était au chewing-gum à la nicotine. Le nouvel espoir des grands fumeurs qui veulent s'en sortir. Fondé sur l'idée simple que l'intoxiqué de la cigarette a besoin de nicotine, mais pas des goudrons qui, eux, sont cancérigènes. Il n'y a donc qu'à shooter les grands fumeurs à la nicotine et le tour est joué. Ce qui reste bien entendu à prouver. N'empêche que, suivant l'adage qu'il n'y a que la foi qui sauve, Charlie Badolini s'était lancé tête baissée dans cette nouvelle expérience, qui bien sûr avait pour le moment comme conséquence de le mettre dans une humeur massacrante.

— Corentin, reprit Badolini, est-ce que le nom de Laurent Porreau vous dit quelque chose ?

Boris décrocha son regard des deux mains du patron qui trituraient, tout en parlant, un malheureux trombone qui ne lui avait rien fait.

— Le Porreau du *Cercle d'Or* ? interrogea-t-il, se souvenant d'avoir récemment lu quelques articles sur ces clubs très fermés, espèces de salons politiques et intellectuels où se retrouvent les membres les plus influents de la classe dirigeante française.

Le *Cercle d'Or* en faisait partie. Pour une cotisation de six mille francs en moyenne par an, et moyennant un droit d'entrée à vie de trente mille francs, on pouvait y côtoyer les grands de ce jour. La plupart des gloires du service public le fréquentaient. A condition d'avoir intégré l'X, d'être sorti de l'ENA de Sup de Co ou de l'ESSEC, on pouvait prétendre éventuellement y avoir sa place. Très éventuellement. Le recrutement se faisait au compte-gouttes dans les plus hautes sphères. Normal : on y discutait généralement de secrets d'Etat qui, pour la plupart, ne seraient jamais connus du public. Toutes portes closes, dans les luxueux salons de l'Automobile Club de France, place de la Concorde. Les plus illustres ténors de la droite et de la gauche s'échangeaient des confidences dont la plus insignifiante valait son poids de dynamite.

— Porreau, reprit Corentin. Laurent Porreau. Quarante et un ans, je crois. Ancien secrétaire d'Etat. Ancien P-DG de Clezio-Garonne... Il est aujourd'hui, voyons... à la tête d'une société d'armement nationalisée. Je me trompe ?

Charlie Badolini « exécuta » encore deux ou trois trombones innocents, puis se précipita sur le paquet de chewing-gum compensatoire et en avala deux d'un coup, qu'il commença à mâchouiller d'un air pénétré. Tout en se disant que si tous les cerveaux humains avaient été structurés comme celui de son inspecteur vedette des Affaires Recommandées de la Brigade Mondaine, personne n'aurait jamais eu besoin d'inventer les ordinateurs.

— Je vois que vos fiches sont à jour, apprécia-t-il.

Corentin se frappa le front avec deux doigts.

— Tout mon fichier est là, fit-il remarquer en toute modestie.

Badolini continuait à mastiquer avec conviction.

— Vous avez eu raison, Corentin, de parler du *Cercle d'Or* avant de mentionner la société d'armement dont Laurent Porreau est P-DG. C'est en effet le *Cercle d'Or*, c'est-à-dire la partie la moins émergée de ses activités, qui est la plus importante. Vous savez que, depuis environ trente ans, c'est dans ce genre de clubs de « réflexion » très fermés que se prennent, longtemps à l'avance, les grandes décisions. Que les contacts s'établissent. Que les changements d'orientation politique s'esquissent...

— C'est même ce qui irritait tellement le général de Gaulle, acquiesça Corentin. Quand les premiers de ces clubs se sont créés, sous son règne, il a eu une remarque ironique en disant que c'était les seuls endroits où les hauts fonctionnaires, qui ne foutaient rien derrière leurs bureaux, travaillaient la nuit !

Badolini toussota. Il avait horreur qu'on lui rappelle les habitudes proverbiales de farniente du service public. Un genre de privilège dont lui-même, pourtant fonctionnaire, n'avait jamais réussi à jouir...

— En ce moment, *le Cercle d'Or* est très agité, murmura-t-il. Vous devinez pourquoi ? Avec les changements politiques qui se préparent, tout ce qui compte dans la classe dirigeante y grenouille. Aussi bien les membres de l'ex-majorité que ceux de la nouvelle...

— Bien sûr. En tout cas, je constate que nous parlons du même Porreau. Un des grands du monde actuel. Appartenant au « premier cercle »...

— Pardon ?

— Vous ne connaissez pas la théorie des trois cercles, patron ? Ceux qui tiennent les commandes... Le premier cercle est celui du pouvoir, depuis le président de la République jusqu'aux membres des corps constitués en passant par les patrons des groupes industriels ou bancaires nommés par le gouvernement, ce qui est le cas de Laurent Porreau. Le deuxième cercle comprend ceux des polytechniciens, ou des énarques qui tiennent les plus beaux postes de l'Administration. Le troisième est plus varié : ça va des vedettes du CNRS ou du Collège de France à certains patrons de presse ou responsables des médias audiovisuels...

Badolini papillota des paupières.

— Corentin, murmura-t-il, je me suis toujours demandé pourquoi vous n'étiez pas monté plus haut, après vos études de droit... Vous auriez pu...

Boris esquissa un geste vague.

— Le passé est le passé, lâcha-t-il.

On n'allait pas refaire l'histoire. Il y avait eu l'Algérie, le service militaire comme sous-lieutenant dans les Aurès. Puis le drame qui avait décidé de sa carrière. Sa fiancée, à vingt ans, tombée entre les pattes de proxénètes et mise sur le trottoir (1). Irrécupérable. L'abomination complète. Même avec le temps, la blessure ne s'était toujours pas cicatrisée. Et à part Brichot, il n'en avait jamais parlé à personne.

Les mâchoires de Badolini se crispèrent autour du chewing-gum.

— En tout cas, réattaqua-t-il, revenant à ses moutons, si j'ai toute la hiérarchie sur le dos depuis cet après-midi, c'est que Laurent Porreau, figurez-vous, est dans tous ses états. Et pas du tout pour des raisons électorales ou politiques comme vous pourriez l'imaginer ! Je vous le donne en mille, Corentin.

Boris se carra dans son fauteuil.

— J'avoue, patron...

— Sa fille a disparu, laissa tomber Badolini. Alors comme vous pouvez l'imaginer, il fait un foin de tous les diables...

— Elle a quel âge ? questionna Corentin.

— Dix-huit ans.

— Donc majeure. Qu'est-ce que vous voulez que nous...

Le patron de la Brigade Mondaine tapa du plat de la main sur le cuir du bureau.

— C'est la fille de Porreau, Corentin ! Vous compre-

(1) Voir Brigade mondaine n° 1, *le Monstre d'Orgeval*.

nez ce que je veux dire, oui ou non ? Quand un Laurent Porreau a sa fille qui disparaît sans prévenir, il va pas faire une demande de recherche justifiée au RIF (1). Non, il tempête, il menace, il téléphone partout, et ça me retombe finalement sur le coin de la figure.

Corentin haussa les épaules.

— Probable qu'elle a fait une fugue, patron. Elle est allée s'offrir des vacances avec un « fiancé » de son âge. Ça arrive couramment, vous savez, de nos jours... Elle va réapparaître à la maison dès qu'elle en aura assez du prince charmant...

Badolini agita l'index.

— Vous avez probablement raison, Corentin. Confidence pour confidence, j'ai horreur de vous envoyer sur des coups sous prétexte qu'il y a une « huile » à la clef. Horreur des filles pistonnées, des minettes ou assimilées, qui s'évanouissent dans la nature et qu'il faut aller rattraper in extremis par la culotte. Il y a trente mille gosses en moyenne par an, entre treize et dix-huit ans, qui disparaissent en France. Et à peu près deux mille cinq cents qui ne sont jamais retrouvés. Et bien entendu, nous, c'est les rejetons des grands de ce monde auxquels on doit tout spécialement s'intéresser ! Et pas question de broncher, hein ? On obéit en silence. On est des fonctionnaires de l'Etat et on n'a qu'un droit : fermer nos gueules. Et il paraît qu'on est en démocratie !

Il se mit à rire jaune.

— Bon, tout ça pour vous dire, Corentin, qu'une fois de plus vous êtes en service commandé et que, bien entendu, vous allez devoir y aller sur des œufs. Tout ce qu'on vous demande, c'est de retrouver la petite Porreau intacte et de la déposer sur le paillasson de ses parents le plus discrètement possible. Sans tambours ni trompettes, quoi. Vous aurez droit aux remerciements,

(1) Recherches dans l'Intérêt des Familles.

discrets également, de tout le monde et on pourra, vous et moi, revenir aux choses sérieuses.

Boris toussota.

— Intacte, patron ? Je me demande si vous n'y allez pas un peu fort.

Le chef de la Brigade Mondaine se pencha au-dessus du bureau.

— Il paraît que la fille des Porreau était vierge, murmura-t-il, de l'air de confier un secret d'Etat.

Boris eut un demi-sourire.

— Dans ces affaires-là, répondit-il sur le même ton, c'est les parents les derniers avertis en général. Non ?

Il réfléchit un instant.

— Elle s'appelle comment, Mlle Porreau ?

— Caroline.

— Joli prénom. Mais, patron, je peux espérer avoir d'autres indices qu'un nom et un prénom, ou il va falloir que je fonce comme ça dans le brouillard ?

Entre les doigts de Badolini, une feuille s'échappa d'un dossier.

— L'adresse des Porreau, murmura le chef de la Brigade Mondaine. Ils seront à Paris demain matin. Ils étaient en vacances. Bien entendu, dès qu'ils ont appris la nouvelle de la disparition de leur fille, ils ont décidé de rentrer en catastrophe.

— En vacances ? interrogea Corentin. Pourquoi leur fille ne les accompagnait-elle pas ?

— Excellente question, apprécia Badolini. D'après ce que je sais, c'est elle qui n'a pas voulu. Elle leur a résisté jusqu'au bout, semble-t-il. Et comme elle est majeure... Mais de toute façon, vous allez les voir demain. Si eux-mêmes ne sont pas nets, vous vous en rendrez compte tout de suite.

Il eut un sourire fatigué.

— Et n'oubliez pas, Corentin : il n'y a jamais de petites affaires. Jamais.

Boris lui rendit son sourire.

— Je m'en souviendrai, patron. Mais permettez-moi : en ce qui concerne Brichot, puisque je lui fais une infidélité...

Badolini recommença à tourmenter des mâchoires son chewing-gum qui ne remplaçait rien du tout, et surtout pas la délicieuse sensation de tenir une cigarette en train de fumer entre le pouce et l'index.

— Je viens d'envoyer Rabert lui tenir compagnie, murmura-t-il. Ne vous inquiétez pas...

Il ramena machinalement les deux mèches collées sur son crâne.

— Maintenant excusez-moi, Corentin, mais j'ai encore des questions à régler. Et je vous assure que, côté grippe, je ne me fais pas des fantasmes. Je sens que ça monte...

*
**

Dans le bureau des Affaires Recommandées qui sentait le tabac froid, Corentin s'offrit enfin la Gallia à laquelle il avait résisté héroïquement, histoire de ne pas provoquer le chef de la Brigade Mondaine en pleine cure heureusement provisoire...

— Rabert vient d'arriver, répondit Brichot au bout du fil, d'une voix qui avait l'air de venir de l'autre extrémité du monde.

— Et tu continues à enrichir notre album de photos ? questionna Corentin.

— Tu parles, émit Brichot. Ça s'est même accéléré, là-bas, au café de *l'Espérance*. Des voitures qui s'arrêtent, qui repartent, qui reviennent. Un vrai cirque.

— Tu as relevé les numéros ?

— Tu me prends pour qui ? interrogea Brichot au bord de la vexation.

— Excuse-moi, sourit Corentin. A bientôt. Bonne chance.

— Bonne chance à toi aussi, vieux frère, répondit Aimé.

Cinq minutes plus tard, Boris Corentin était plongé

dans le dossier, d'ailleurs maigre, concernant Caroline Porreau. Une chemise rose. La couleur réglementaire pour les filles.

***

Au même instant, à coups de brosse ralentis par sa méditation, Laurent Porreau achevait de mettre de l'ordre dans ses cheveux coupés court et qui commençaient sérieusement à blanchir sur les tempes. Il recula de quelques pas au milieu de la salle de bains assez vaste pour songer à y organiser des courses de planches à roulettes.

« Je vieillis », pensa-t-il.

Immédiatement, il s'insulta. Il n'avait pas le droit de penser à lui. Caroline avait disparu. Caroline était peut-être en danger. Et cette idiote de Linda, la bonne, qui avait attendu le dernier moment pour les prévenir ! Elle aurait dû le faire tout de suite, quand elle avait découvert le cambriolage. Au moins, ils auraient été alertés, ils seraient rentrés plus tôt. Le cambriolage... Quel rapport ça avait avec l'évanouissement de Caro dans la nature ? Aucun, très certainement. C'était quand même exaspérant, ça aussi. L'insécurité... N'importe qui maintenant s'introduit chez vous pour vous dévaliser dès que vous avez le dos tourné. Mais ça non plus, il ne devait pas y penser. Il fallait qu'il se concentre sur Caroline. Qu'il réfléchisse. Caroline disparue... Où pouvait-elle être ?

— Tu es prêt ? lança la voix de Françoise depuis la chambre.

Elle l'attendait, maintenant. Elle avait bouclé les valises. C'était la première fois qu'ils venaient ici, au *Bradrutt's* de Saint-Moritz. En plein cœur des Grisons. Une fabuleuse construction d'autrefois. Du temps où on n'avait pas peur de bâtir des palaces. Une sorte de château romantique avec tourelles et encorbellements au milieu des immensités neigeuses. Des galeries interminables, des salles de bal, des salons et salles à manger couverts d'œuvres d'art, et une piscine de luxe entourée de rochers et de plantes vertes tropicales. On était hors du temps, au *Badrutt's*. Hors de la réalité. Cette réalité qui venait de leur retomber dessus d'un seul coup. Violente. Amère. Si seulement Caroline avait accepté de les accompagner ! Oui mais, voilà, Caroline avait changé et eux, son père et sa mère, ne s'en étaient même pas aperçus. Ou plutôt, ils n'avaient pas voulu s'en apercevoir. Trop pris par leurs occupations. Leurs carrières. Leurs responsabilités. Ils avaient refusé la confrontation, l'explication face à face. Quand elle leur avait dit qu'elle fumait du hasch, rien de plus, ils avaient fait semblant de la croire, tous les deux. Ça s'appelle mettre la tête sous l'aile, fermer les yeux. Reculer l'inéluctable le plus longtemps possible. Pourtant, tout hurlait que Caro déraillait : ses études qui s'en allaient à vau-l'eau, les cartes de crédit volées, les chèques dérobés dans le sac de sa mère... Elle avait dérapé et ils ne s'en étaient même pas rendu compte. Ils avaient refusé de le savoir...

Il regagna la chambre.

— Tu te souviens de Brincard ? demanda-t-il à Françoise. Quand son fils a fait une tentative de suicide, l'année dernière. C'est à ce moment-là qu'il a découvert que le môme se piquait. Avant, il ne s'en était pas rendu compte...

Elle pivota sur elle-même, faisant frémir sa longue jupe noire à plis creux en jersey de laine.

— Il ne faut pas que nous commencions à paniquer, Laurent, murmura-t-elle. Caro a fait une fugue. On va la retrouver. Elle va revenir...

Il la regarda, frappé une fois de plus par le calme avec lequel elle avait accueilli le drame, deux heures avant. C'est elle qui avait pris le premier choc, quand Linda les avait appelés pour leur apprendre coup sur coup le cambriolage et la disparition de Caroline. Elle avait à peine bronché. Quand elle avait reposé le combiné, ses longs doigts manucurés tremblaient légèrement.

— On aurait dû être disponibles, plus présents, fit Laurent Porreau en secouant la tête. On lui a laissé trop de liberté, à Caroline.

Françoise ouvrit de grands yeux.

— Mais je parlais beaucoup avec elle, moi ! Elle me confiait bien des choses que tu ignores !

Il se rapprocha, abasourdi. Debout, au milieu de la chambre, Françoise était toujours aussi belle qu'à vingt-cinq ans, quand ils s'étaient rencontrés. De longs cheveux bruns lisses, de grands yeux noirs, une silhouette prodigieusement élégante. Des deux, il l'avait toujours pensé, c'était elle qui était la plus fine, la plus subtile. Elle qui avait le plus de volonté et de courage.

— Pourquoi tu ne m'as jamais parlé de rien ? questionna-t-il.

— Parce que tu n'en avais pas envie, répondit-elle. Et puis Caro me faisait jurer de garder le secret. Sur ce que tu imagines. Mon but, c'était d'essayer de l'amener par elle-même à se désintoxiquer. Qu'elle en ait elle-même envie. Tu sais très bien que, dans son état, c'est la volonté seule qui compte. Pas la répression. On n'allait tout de même pas, comme certains parents, la livrer à la Justice ? Faire jouer l'article 128 du code pénal qui réprime aussi bien les usagers de la drogue que les trafiquants. Aller supplier un juge d'instruction d'incarcérer notre fille... Dans quel but ? Pour qu'elle ressorte de prison encore plus révoltée qu'avant ?

Il était près d'elle. Dehors, au-delà des baies vitrées de la chambre, les immensités neigeuses étaient englouties dans la nuit.

— Françoise, murmura-t-il. Qu'est-ce qu'on va devenir ?

Elle le prit par le cou, rapprochant de lui son visage superbement vernissé par le rayonnement solaire et la réverbération de la neige.

— On va affronter l'épreuve courageusement, mon

petit Laurent. Comme des milliers et des milliers de parents d'aujourd'hui.

Elle était contre lui. Sous le pull feuille morte qu'elle portait, il sentait ses seins menus et durs s'écraser contre sa poitrine.

— On ne va pas en mourir et Caro non plus. Viens.

Elle essaya de l'entraîner vers le lit.

— Mais tu es folle ! bafouilla Laurent Porreau. Tu crois que c'est le moment ?

Elle sourit.

— Justement ! Autant prendre des forces avant de rentrer à Paris, non ?

Elle avait avancé la main et le caressait doucement par-dessus le pantalon. Puis la caresse se fit plus précise, plus méthodique au fur et à mesure que ce qu'elle massait devenait plus volumineux. Un nuage de vapeur envahit le regard du créateur du très confidentiel et influent *Cercle d'Or.* C'était fou ce que Françoise était douée pour l'exciter. Dès les débuts de leur liaison, elle avait su déployer une science fabuleuse pour le mettre hors de lui.

— Viens, murmura-t-elle encore.

Elle s'était laissée tomber sur le lit, l'entraînant avec elle. Sous leur poids, la liasse de journaux du matin, même pas ouverts pour cause de bouleversement complet dans leur plan de journée, émit quelques craquements... *Figaro, Libération, Financial Times...* La chevelure noire de Françoise répandue en éventail couvrait les gros titres du jour. Les attentats, assassinats, coups d'Etat, déclarations incendiaires de X ou Y, flambées de la Bourse...

— Prends-moi, Laurent ! lâcha la jeune femme d'une voix brûlante. J'ai envie que tu me prennes ! Tout de suite !

Laurent Porreau sentit sa chemise se coller de sueur. Une brutale bouffée de désir l'envahit à son tour. De la main droite passée entre leurs deux ventres, il retroussa la jupe de Françoise et rabattit son slip, puis il lui releva les jambes, les appuyant contre ses épaules. Ramassée sur elle-même, Françoise lui offrait une vision panoramique affolante. Presque brutalement, il fouilla son intimité, ouvrant des doigts la toison buissonnante au centre d'elle. Puis, d'une longue poussée des reins, il s'enfonça interminablement en elle.

Il reprenait haleine, couché sur Françoise, lorsqu'un titre en caractères gras, à la première page d'un des quotidiens achetés ce matin, accrocha son regard.

Il écarta les mèches brunes de la jeune femme qui recouvraient à moitié le journal.

« Le mystère du quai des Grands-Augustins », lut-il.

Et dessous : « L'assassinat de l'antiquaire »...

La bouche soudain sèche, il parcourut les lignes qui suivaient. Des corps de phrases dansaient sous ses yeux. « Vertèbres cervicales brisées »... « Appartement mis à sac »... « La police se perd en conjectures »... « L'enquête ne fait que commencer »... « L'étrange appel téléphonique anonyme qui a alerté la police »...

Marc Darmont... Le nom s'étalait, là, noir sur blanc. Marc... Toute sa jeunesse... Leur amitié, les années de Sciences-Po... Marc assassiné !

Françoise le sentit, à l'intérieur de son ventre, qui diminuait à toute allure, se recroquevillait, rentrait en lui-même.

— Que se passe-t-il ? murmura-t-elle.

Il se souleva sur les coudes.

— Regarde, fit-il d'une voix blanche.

C'était la troisième catastrophe de la journée.

CHAPITRE XI

Dans le vieil escalier couvert de taches de boue séchée, Charles Garnier se permit une privauté. Passant la main droite entre les cuisses de Sophie qui montait devant lui, il s'assura que la jeune femme était aussi brûlante d'excitation que lui.

— Attends un peu ! gémit-elle en tortillant sa vaste croupe qui tendait le tissu bleu à carreaux de sa robe sous laquelle elle ne portait jamais rien.

Le visage de Garnier, très blanc sous la tignasse rousse, se plissa d'anxiété.

— Tu ne vas pas gâcher la soirée en faisant la mijaurée ? interrogea-t-il.

Elle éclata de rire, redescendant deux marches pour se coller du ventre contre lui.

— Idiot, dit-elle en frottant son mont de Vénus contre la bosse qui distendait le jean de Garnier. Tu sais bien que j'en ai autant envie que toi !

L'escalier recommençait à craquer. D'en bas leur parvenait le bruit de va-et-vient des pensionnaires, dans la grande ferme perdue au milieu des vallonnements enneigés, en plein Vexin normand, à quinze kilomètres de Gisors. La *Ferme Sainte-Catherine.* Un « lieu de vie » comme on dit aujourd'hui. Officiellement, un de ces centres de postcure comme il y en a des centaines en France. Des refuges pour gosses paumés, complètement déboussolés par la drogue, et que leurs parents, moyennant des sommes qui peuvent aller de dix mille à vingt mille francs par mois, confient à des rééducateurs chargés en principe de leur redonner le goût de vivre sans avoir recours à leurs habituelles et dangereuses « béquilles » chimiques. L'établissement créé par Charles Garnier était tout ce qu'il y avait de plus officiel. La Direction de l'Action Sanitaire et Sociale avait donné sa bénédiction. Evidemment, il y avait bien eu une alerte, enfin un début d'incident, six mois avant, quand des gendarmes de Bourigny, le village le plus proche de la ferme, avaient découvert une fille nue errante au milieu des champs qui semblait s'être sauvée de chez Garnier. Ce qui avait particulièrement intrigué les gendarmes, c'était les traces de griffures sur le dos et les cuisses de la pensionnaire. Mais celle-ci n'avait pas cessé d'affirmer le plus énergiquement du monde qu'elle s'était fait ça toute seule alors qu'elle s'enfuyait, en tombant dans un buisson de ronces. Ça avait été la seule fois où les forces de l'ordre avaient failli mettre leur nez dans la petite communauté de la *Ferme Sainte-Catherine*.

Communauté, n'était pas le mot, d'ailleurs. « Famille » était plus exact. Quand on entrait dans l'établissement de Garnier, non seulement votre carte d'identité vous était instantanément confisquée pour vous ôter toute envie de fuir, mais en plus on perdait son nom et son prénom. On devenait, selon le sexe, « frère » ou « sœur ». Garnier, quant à lui, était appelé « Maître » ou « Père ». Tout manquement à la règle pouvait être sanctionné par une punition. A part ça, le régime quotidien était du genre spartiate. Lever à six heures, douche glacée en toutes saisons, petit déjeuner frugal, et ensuite travaux divers. Ce qu'il y a de pratique dans les « lieux de vie » c'est la main-d'œuvre gratuite qu'ils fournissent. Quand Garnier avait acheté la *Ferme Sainte-Catherine*, un grand manoir prolongé par des bâtiments de ferme en forme de U, le domaine était à l'abandon, la toiture à moitié effondrée, les murs lézardés et le parc en friche. Aujourd'hui la toiture était réparée, les murs colmatés et repeints, et on attendait le retour du printemps pour terminer la remise en état du jardin et du potager. Il n'y avait que le vieil escalier conduisant au grenier qui avait besoin qu'on s'occupe sérieusement de lui.

Garnier s'arrêta une dernière fois, écoutant le remue-ménage furtif au rez-de-chaussée. Comme tous les soirs, les pensionnaires s'activaient en silence aux préparatifs de la nuit. Ménage complet, vaisselle, nettoyage soigneux de la cuisine et du réfectoire. Puis douche, et au lit. Ça faisait des allées et venues furtives, des frôlements et des chuchotements. Garnier se pencha en avant sur la rambarde du palier : en bas, de lentes silhouettes passaient dans des pyjamas réglementaires. La plupart de ses pensionnaires ne dépassaient pas vingt-cinq ans. Le régime de sous-alimentation systématique qui régnait à la ferme les avait presque tous transformés en demi-squelettes. D'autant plus dociles qu'affaiblis physiquement. Juste bons à faire leurs six ou sept heures de travaux forcés par jour. Ensuite, ils n'étaient plus que des fantômes vacillants vers leur lit, à travers le dortoir...

— Tout va bien, murmura Garnier. Tout va parfaitement bien.

Jamais il n'avait eu à mater la moindre révolte à la *Ferme Sainte-Catherine.* Et pourtant, la plupart de ceux qui atterrissaient chez lui étaient intoxiqués au dernier degré. On leur faisait subir un sevrage absolu dès leur arrivée. Plus un milligramme de drogue. A ce régime-là, le domaine de Charles Garnier aurait dû être depuis longtemps à feu et à sang s'il n'avait pas gavé quotidiennement ses pensionnaires de psychotropes. Sage et élémentaire précaution : à tout ce qu'ils mangeaient et buvaient, se trouvait ajouté un mélange de neuroleptiques particulièrement efficace. En général des dérivés de la phénothiazine ou du thioxanthène. Ou d'autres produits aux noms encore plus barbares comme le diphénylbutylpipéridine ou la dibenzothiazépine. Le résultat était que ses petits « protégés » lui foutaient une paix royale. Il n'y a pas plus soumis et obéissant, en réalité, qu'un toxico. Par définition, la dépendance de la drogue vous fait perdre complètement votre libre arbitre. Le régime sec, le sevrage draconien et le gavage aux neuroleptiques les transformaient en véritables esclaves silencieux et efficaces. L'idéal. Bien entendu, la plupart d'entre eux avaient un lourd passé d'héroïnomanes. Dans les nouvelles générations, on brûle plus vite les étapes. On ne commence pas comme autrefois par le haschisch. On va directement au plus dur. A l'héro. Même la cocaïne n'a plus autant d'adeptes qu'il y a quelques années.

Ce qui a aussi d'ailleurs des conséquences au niveau de la vie quotidienne de tout le monde. Les drogués qui doivent s'acheter leur dose à des prix exorbitants abandonnent les petits vols qui rapportent peu pour les braquages violents et les vols à main armée. Même le harcèlement incessant des revendeurs et des dealers par l'OCRTIS (1) a ce qu'on appelle des effets pervers. Traqués, les marchands de mort restructurent sans cesse leurs réseaux et, pour continuer à rentabiliser, ils ne font pratiquement plus que dans le haut de gamme. C'est-à-dire, une fois encore, l'héroïne...

Charles Garnier se détacha de la rambarde à laquelle il s'était appuyé. Ses petits protégés gavés de psychotropes vaquaient à leurs occupations habituelles d'avant le coucher. Tout allait bien. Il pivota sur ses Adidas. Sophie l'attendait.

Sous la lumière aveuglante des spots, le grenier s'étendait, immense. Fraîchement repeint lui aussi, d'un blanc éblouissant. Encore un travail de restauration accompli gratuitement par ses pensionnaires. Deux

(1) Office Central pour la Répression du Trafic Illicite des Stupéfiants.

cent cinquante mètres carrés de grenier aménagés en salle de sport. Le sol était couvert de plaques de paille tressée, des espèces de tatamis. Il y avait des vélos d'appartement sans roues. Des « bullworkers » pour renforcer les muscles du corps au prix de quelques minutes d'exercice par jour. Des « muscleurs-extenseurs ». Des batteries d'haltères. Une table de ping-pong. Des cordes à nœuds. Des bancs de musculation.

Et un cheval d'arçon sur lequel une fille était ligotée.

Martine. La « punie » de ce soir.

— Elle va être bien docile, celle-là, murmura Sophie en frissonnant. Bien obéissante. Je la sens dans d'excellentes dispositions.

Garnier eut un sourire qui fit rayonner les mille rides précoces de son visage rond d'un blanc de craie. C'était pour ça que lui, le « Maître », et Sophie qui était en passe de devenir la « Maîtresse » de l'établissement, la « Mère » des toxicos de la *Ferme Sainte-Catherine,* avaient expédié leur dîner en quatrième vitesse. Quand il y avait une punition à la clé, ils accéléraient le rythme général, au réfectoire, de manière à pouvoir grimper le plus tôt possible au grenier et s'y enfermer avec leur victime.

— De toute façon, murmura Garnier, dans la situation où elle se trouve elle aurait du mal à ne pas être docile.

Sophie éclata de rire en se serrant contre le « Maître ».

— Salaud ! Tu ne vas pas me dire que tu l'as déjà baisée ?

Il la regarda.

— Bien sûr que si. Avant le dîner.

Elle se rapprocha de Martine.

— Mais je n'ai rien entendu ? dit-elle.

— Je lui ai mis ça, expliqua Garnier.

« Ça » c'était une énorme boule de caoutchouc rouge, une sorte de poire d'angoisse qui distendait les commissures des lèvres de la fille attachée sur le cheval d'arçon et lui obstruait complètement la cavité buccale à en déboîter ses maxillaires.

— Tiens, fit légèrement Sophie. La pauvre fille ! Tu as oublié de la lui retirer. Ça fait combien d'heures qu'elle est comme ça ?

Garnier haussa les épaules.

— Aucune idée. Ça te préoccupe ?

Sophie s'approcha encore de leur victime. C'était une blonde aux cheveux coupés court et raides à la mode d'aujourd'hui. La sueur perlait sur son visage. En avant de la pièce de bois moulée sur quatre pieds à laquelle elle était attachée à plat ventre, la figure pendait dans le vide. Ses poignets, retournés dans le dos, étaient liés par une sorte de cordage fait de chambres à air découpées en lanières et tressées. Un autre cordage du même genre, passé autour de son cou, descendait jusqu'aux chevilles. A califourchon, cuisses ouvertes au maximum, la fille « punie » présentait une croupe superbe distendue au maximum. Sophie avança la main vers les replis intimes de Martine qui n'avaient plus rien à cacher, depuis le chemin secret de ses reins jusqu'au double bourrelet humide des muqueuses de son ventre. Elle la fouilla, l'ouvrant encore un peu plus.

— Tu l'as baisée par où ? demanda-t-elle.

— Mais... partout ! répondit Garnier en éclatant de rire comme si la réponse tombait sous le sens.

Sophie se retourna, les yeux cernés brusquement, prunelles flamboyantes. Elle était rousse, elle aussi, mais dans les nuances acajou.

— Je veux que tu me prennes sur elle, lança-t-elle d'une voix rauque. Pendant que moi je la...

Il lui ferma la bouche d'un baiser. Décidément, Sophie lui plaisait de plus en plus. Comme elle avait changé en un an ! L'hiver dernier, elle avait été amenée à la *Ferme* par ses parents qui n'avaient qu'une envie : se séparer d'elle. A dix-neuf ans, Sophie avait déjà fait trois tentatives de suicide parce que son père, partisan de la manière forte, l'enfermait dans sa chambre cadenassée pour l'empêcher d'aller s'acheter sa dose d'héroïne quotidienne. Ils avaient craqué le soir où ils l'avaient trouvée gisant sur son lit, à moitié vidée de son sang, les veines des deux poignets tranchées par une lame de rasoir.

Sophie s'était merveilleusement adaptée au rythme de vie de la *Ferme Sainte-Catherine.* Au point que Garnier avait cessé très vite de lui administrer les neuroleptiques quotidiens qu'il infligeait aux autres pensionnaires. Précaution inutile. Sophie s'était révélée rapidement une complice idéale. Elle espionnait spontanément ses « sœurs » et ses « frères » et les dénonçait au « Maître » dès que l'un d'entre eux manquait aux règles très strictes de discipline. Elle était comme ça. Elle aimait trahir. C'était plus fort qu'elle, elle ne pouvait pas s'en empêcher. Très vite, Garnier avait pris l'habitude de la faire venir presque toutes les nuits dans sa chambre. Maintenant, elle participait aux séances de punition. Ce qui n'était que justice, après tout. La plupart des filles punies l'étaient sur ses dénonciations.

La faute pour laquelle Martine allait payer, ce soir, était gravissime. Elle avait omis, ce matin, d'accrocher sous son nom le panneau indiquant « je suis à la buanderie ». A la *Ferme Sainte-Catherine,* aucune activité n'était laissée à l'improvisation. Dès qu'on changeait de lieu, on devait le signaler. Dans le hall d'entrée de l'établissement, était suspendu un grand tableau d'affichage comportant les noms de tous les pensionnaires. Ceux-ci, au fur et à mesure que la journée s'écoulait et que leurs activités se modifiaient, devaient le faire savoir en plaçant sous leur nom l'un des petits cartons en bristol tout préparés sur lesquels on pouvait lire : « Je suis dans la salle de bains », « Je suis à la cuisine », « Je suis aux toilettes », etc. Pas question que les toxicos en prétendue « cure » à la *Ferme* prennent la moindre initiative. Très vite, Garnier avait mis sur pied une organisation extrêmement rigoureuse. Interdiction de téléphoner au-dehors, de recevoir des visites, de s'éloigner du périmètre du parc, de communiquer de quelque façon que ce soit avec l'extérieur. Les mécanismes de l'existence communautaire étaient poussés à leur maximum. Tous les événements de la vie quotidienne se déroulaient en public. Les douches et les toilettes n'avaient pas de portes. Quand aux pièces qui avaient des portes, celles-ci ne comportaient pas de serrures ni de verrous. On couchait dans des dortoirs. Seul Charles Garnier lui-même avait droit, au premier, à une chambre personnelle. En gros, c'était la mécanique classique des organisations secrètes, des sectes, des milices : pas d'intimité, pas de liberté, aucune vie privée. La soumission absolue obtenue par une sorte de lavage de cerveau progressif et ponctué de punitions ou de récompenses selon le cas.

Les yeux étincelants, Sophie s'était dévêtue. Sous sa robe à carreaux, elle ne portait rien que des bas noirs retenus à mi-cuisses par des élastiques, de tout simples caoutchoucs de dossiers achetés chez un papetier. C'est spontanément qu'elle avait décidé, dès le début de sa liaison avec Garnier, de ne jamais porter de culotte. Elle pivota sur elle-même.

— Je te plais encore ?

Il eut une lueur émue.

— Idiote, murmura-t-il.

Elle était grande et maigre comme il aimait, avec des côtes bien dessinées en relief sous les seins, et un ventre creux où saillait la touffe acajou du pubis étincelant sous les spots. Garnier adorait sa maigreur, d'autant plus que celle-ci formait un contraste fabuleux avec sa croupe vaste de jument solide et saine. Une paire de fesses d'autant plus provocante qu'elle s'épanouissait au-dessus d'une taille mannequin parfaitement étranglée. Jusqu'à ce qu'elle rencontre Garnier, Sophie avait toujours eu honte de ce qu'elle appelait son « derrière de négresse », qu'elle jugeait beaucoup trop large, disproportionné. C'était lui, avec les attentions qu'il portait à cette croupe monumentale, qui l'avait peu à peu décomplexée. On est thérapeute ou on ne l'est pas...

Il passa la main sur ce double vallonnement de chair, s'insinuant dans son ouverture douce et chaude que brunissait la toison épaisse.

— Tu es prête ? demanda-t-il.

Il était remonté jusqu'au clitoris, qu'il dégagea et titilla entre le pouce et l'index. Instantanément, Sophie se mit à haleter.

— Attends, lâcha-t-elle en se dégageant.

Elle avait traversé la pièce et revenait, brandissant un objet qu'elle était allée chercher derrière une rangée d'haltères alignées sur un présentoir.

— Il faut que je mette ça, souffla-t-elle.

Elle promena l'objet sous le nez de la fille ligotée sur le cheval d'arçon. Martine releva un peu la tête, agrandissant un regard épouvanté.

— On va s'aimer toutes les deux grâce à ça ! jeta Sophie exhibant une dentition de cannibale.

C'était un instrument de cauchemar. Une large ceinture de cuir à laquelle était fixé un leurre monumental, un pénis monstrueux en ivoire. Un sexe dont on pensait immédiatement qu'aucune constitution féminine ne pouvait l'accueillir.

Dix minutes plus tard, elle s'était fixé la ceinture autour de la taille et le sexe formidable se balançait, saillant au-devant d'elle, au-dessus de son pubis touffu.

Elle se rapprocha du cheval d'arçon. Le derrière de la fille punie s'ouvrait juste au bord de la poutre sur laquelle elle était ligotée. Ses fesses étaient tellement écartelées que le sillon de sa croupe, distendu, laissait saillir presque en relief le puits brun de ses reins qui palpitait involontairement.

Les ongles longs et carminés de Sophie griffèrent légèrement l'orifice entouré de minuscules striures qui, tentant d'échapper à l'intrusion, essaya en vain de se refermer.

— Elle en veut ! chuchota Sophie, les yeux incendiés. Regarde comme ça bouge. Elle n'attend que ça.

Elle enfourcha le cheval d'arçon, se collant contre Martine.

— Tu vas voir, lança-t-elle. Tu vas en redemander après, ma chérie.

Garnier considéra le spectacle. Le ventre de la rousse équipé de son leurre monstrueux qui se rapprochait des reins de la blonde, cherchait et visait le minuscule bouton brun où il prétendait s'engloutir. Il regarda l'extrémité du membre postiche qui cognait contre le puits de plus en plus froncé. La blonde ligotée eut un soubresaut, creusa les reins et redressa la nuque. Avidement, Garnier étudia les contorsions de croupe que leur prisonnière effectuait dans l'espoir ridicule d'essayer d'échapper à l'empalement. Bien entendu, ces à-coups n'avaient pour résultat que de l'ouvrir un peu plus à chaque fois. Il se mit à haleter tandis que l'olisbos commençait à saccager les muscles intimes de Martine, Bientôt, l'énorme membre d'ivoire disparut entre ses reins. Il se plaqua à son tour contre les fesses de Sophie.

— Mords-la ! gémit-il. Mords-la à la nuque !

Lui-même s'enfonça brutalement dans les reins de sa Vénus callypige et commença à la labourer.

Bientôt, ils ne formèrent plus, tous les trois, qu'une sorte de triple corps étrange agité de furieux tressautements.

Au bout de cinq minutes, Garnier s'interrompit brutalement.

— Tu n'as rien entendu ? murmura-t-il.

Sophie, continuait sa chevauchée fantastique dans les reins de la fille pantelante.

— Non. Qu'est-ce qui se passe ?

— Une bagnole ! jeta Garnier. Il y a une bagnole qui vient de s'arrêter dans le coin. Tout près.

Il se détacha d'elle à regret, se désemboîtant lentement des merveilleuses fesses de Sophie. Bandant raide, il traversa la salle de gym et ouvrit l'une des fenêtres en « chien assis » qui s'ouvraient à ras de la toiture.

Sur l'immensité de la campagne, pesait le profond silence si particulier des nuits de neige. Dans le ciel pur, totalement dégagé, la lune jetait une lueur bleue presque aveuglante. Cette lueur s'éparpillait sur les vallonnements blancs qu'elle inondait également de bleu.

— Alors ? jeta Sophie qui continuait dans les reins de Martine son travail de marteau piqueur.

— Alors, fit Garnier, il y a une bagnole qui vient de s'arrêter et une portière qui vient de claquer.

— Alors ?

— Alors, j'espère que ce ne sont pas les emmerdes qui commencent...

CHAPITRE XII

Ce n'était pas des emmerdes. Du moins c'est ce que Garnier, soulagé, crut pouvoir tout de suite penser en apercevant la silhouette qui s'encadrait dans la porte d'entrée, au milieu du hall ripoliné en blanc satiné six mois avant. Une couleur salissante, mais les pensionnaires étaient là pour lessiver, chaque matin, les traces de doigts sur les murs. Toujours la main-d'œuvre gratuite...

— J'étais sûr que tu finirais par venir à nous, lança Charles Garnier en descendant les dernières marches.

Il avait repris sa voix de rééducateur. Onctueuse et lente. Faite pour rassurer. Une vraie berceuse.

— Dans notre métier, reprit-il, ce qui compte c'est la confiance. Dès que je t'ai vue, j'ai compris que je pouvais te faire confiance. Qu'un jour ou l'autre, tu chercherais la voie du salut. De la guérison. Tu as bien fait de venir. Nous allons t'aider à retrouver ta confiance en ce monde... Ton amour pour les autres. Ta tendresse. Nous allons te réapprendre à aimer.

Il se rapprochait. La grande fille blonde en vison se tenait immobile au milieu de l'entrée, détaillant son tee-shirt auréolé de sueur, son jean crasseux dont il avait précipitamment remonté le zip, ses mains courtes et potelées.

— Tu es ici chez toi, Caroline Porreau, termina-t-il dans un souffle.

Elle recula. Comment savait-il son nom ? Il avait dû fouiller dans ses papiers d'identité, l'autre jour, dans la chambre de Julien, rue des Ecoles.

— Je suis venue récupérer mon argent, jeta-t-elle en s'efforçant de prendre la voix de commandement de sa mère quand elle réprimandait Linda, la bonne, parce que celle-ci avait oublié de secouer les coussins des fauteuils ou de passer l'aspirateur sous la table de la salle à manger.

— Quel argent ? questionna Garnier en papillotant des paupières.

— Vous savez très bien de quoi je veux parler.

Elle dut s'appuyer à la porte. Elle se sentait épuisée. De Paris à Bourigny, le trajet avait été pénible. D'abord elle avait loupé un branchement de l'autoroute. Puis elle avait crevé et il avait fallu qu'elle répare elle-même, sous la neige qui voltigeait autour d'elle. Enfin, aux alentours de Gisors, elle avait tourné une heure avant de découvrir le minuscule village près duquel le prétendu thérapeute avait son établissement de « postcure »...

Et tout ça avec des souffrances physiques qui lui remontaient de plus en plus violemment à la gorge. Le supplice du manque à nouveau. La torture. Elle avait dû s'arrêter au milieu de la route, à un moment, en plein champ, et attendre pendant une heure que la crise passe. Tremblante et transpirante. Le regard strié de mouchetures virevoltantes. Les entrailles bouffées par une espèce de feu abominable comme si on lui avait ouvert le ventre pour jeter du poivre sur son estomac à vif. Obsédée par une seule et unique pensée : récupérer son argent. Retrouver de quoi s'acheter sa dose. S'offrir son shoot avant qu'elle ne devienne folle !

— Rendez-moi mon argent ! jeta-t-elle en essayant de ne pas trembler. Vous entendez ? Mon argent !

Charles Garnier sourit, essayant de la prendre aux épaules.

— Tu n'es pas bien du tout, Caroline, constata-t-il doucement. Viens.

Elle s'arracha à lui.

— Vous m'avez volée ! rugit-elle. Mon argent ! Mon fric ! Rendez-le-moi, espèce de salaud !

Elle ne se contenait plus. Comme toujours, le manque déclenchait en elle une colère folle, démesurée. Ses nerfs écorchés explosaient. Elle se dit qu'elle allait tout casser autour d'elle et s'effondrer ensuite, la bave aux lèvres, comme un chien enragé.

— Pas de grands mots ! ricana Garnier. Je ne t'ai rien volé du tout. Je t'ai confisqué ce que tu avais sur toi pour que tu cesses de te détruire, ma petite Caroline.

Il avança la main et lui caressa les cheveux.

— Mais maintenant que tu es là, tout est changé. On va faire du bon travail ensemble. Et quand tu seras guérie, quand tu repartiras, je te donnerai la somme que je t'ai effectivement prise. Alors tu seras en état d'en faire un meilleur usage.

Caroline l'examina, plus calme. Le courage qu'elle avait rassemblé pour passer à l'attaque s'enfuyait d'elle. Une immense lassitude l'envahissait. Une loque, se dit-elle, je suis devenue une loque... Tout tournait dans sa tête. Ces journées atroces, dévastées... Depuis le viol, chez Valéry, au château de Boisherpin... Ses jambes brusquement se dérobèrent.

— Nous allons t'aider à trouver ton salut, reprenait Garnier de sa voix hypnotique.

Caroline, appuyée à la porte, se sentit glisser peu à peu vers le sol.

— Je ne vous ai rien demandé, laissa-t-elle fuser dans un souffle.

— Je sais, répondit Garnier qui la regardait s'affaisser, livide. Ils disent tous ça au début. Mais après ils nous remercient...

— C'est mon argent que je veux, émit Caroline d'une voix faible.

— Je sais, je sais. Mais pour le moment, tu as surtout besoin d'une piqûre, hein ? Ce serait bon, que je te pique, non ?

Elle renversa la nuque en arrière.

— Oui, oui, une piqûre, lâcha-t-elle. Je vais crever si je n'ai pas une piqûre.

— Tu vas l'avoir, Caroline. Et après tu plongeras dans la paix. Et quand tu te réveilleras, tu auras tout oublié de ton cauchemar.

Elle était presque inconsciente. Elle se sentit soulevée de terre, et Garnier la chargea sur son épaule droite. Elle ferma les yeux. Le bruit de la porte, puis le vent froid sur son visage en sueur lui firent comprendre qu'ils étaient sortis de la ferme. Elle entendit les graviers des allées crisser sous les pas du gourou de la *Ferme Sainte-Catherine.* Sa tête ballotta en arrière et elle s'évanouit.

Quand elle se réveilla, elle ne comprit pas d'abord où elle se trouvait. C'était une vaste bâtisse ronde et haute terminée par un dôme. A terre, il y avait une moquette orange. En regardant les parois circulaires, on aurait pu se croire dans une tour. Mais les alvéoles qui perçaient les murs à intervalles réguliers lui rappelèrent immédiatement quelque chose. Il y avait le même genre de construction dans la propriété de ses grands-parents maternels, en Touraine, au château de Molempain. Un pigeonnier. Ou peut-être même un colombier, comme seuls les seigneurs, autrefois, avaient le droit d'en posséder sur leurs terres. Mais celui de Molempain était dans son état originel de pigeonnier, tandis qu'ici tout avait été restauré. On avait colmaté à l'extérieur les ouvertures des alvéoles qui permettaient aux pigeons à la fois d'y faire leur nid et d'y prendre leur envol si l'envie leur en venait. Les niches n'étaient plus ouvertes que sur l'intérieur du bâtiment. On avait repeint du haut en bas les parois, et le sol avait été recouvert d'une épaisse moquette.

Garnier regarda la jeune fille. Inutile que les autres pensionnaires la voient pour le moment. Elle ne sortirait du pigeonnier que lorsqu'elle aurait été rendue aussi docile que les autres. La haute bâtisse blanchie à la chaux était en quelque sorte la salle de dressage par laquelle passaient tous ceux qui arrivaient à la *Ferme*. Ils y restaient plus ou moins longtemps en fonction de la manière dont ils réagissaient au dressage. Un sas de décontamination en quelque sorte.

— Si tu veux ta piqûre, tu vas être bien gentille, murmura-t-il.

Elle tourna vers lui son pauvre visage défait.

— Qu'est-ce que je dois..., commença-t-elle dans un souffle.

— Tu dois faire tout ce que je te dis, répondit-il. Tu vois ? C'est facile. Il suffit d'obéir.

Il leva au ciel des yeux inspirés.

— Le commencement du salut, Caroline, est dans l'obéissance.

Il la scruta.

— Déshabille-toi, jeta-t-il brièvement.

La veille, dans la chambre de Julien, tout s'était passé trop vite. Il n'avait pas eu le temps de la voir dans tous ses détails. Il lui avait seulement retroussé la robe pour s'enfoncer entre ses cuisses, sans penser à rien d'autre qu'à son plaisir. Il fallait remédier à cela. La jouissance des yeux est aussi importante que celle du corps. Sinon plus.

— Tu as entendu ? reprit-il un peu plus durement. Déshabille-toi. Retire tout ce que tu portes ! Vite.

Elle frissonna.

— Je vais avoir froid, gémit-elle d'une voix blanche.

Il eut un rire sourd en montrant les convecteurs. Trois gros appareils électriques qui dispensaient une douce chaleur dans le pigeonnier.

— Mais non ! Tout a été prévu, tu vois ? Même les

ouvertures par où s'envolaient les pigeons, autrefois, ont été plâtrées de manière à ne pas laisser passer le froid. Alors ? Tu te décides ?

Elle leva une nouvelle fois son beau visage suppliant.

— Après j'aurai ma piqûre ? Vous me promettez ?

Il rit encore.

— Mieux que ça. Tu vois les alvéoles, sur les parois du pigeonnier ? Les anciennes niches où les pigeons et les colombes faisaient leur nid, autrefois ? Eh bien, dans l'une d'elle, j'ai dissimulé un cadeau pour toi. La dose d'héroïne dont tu as besoin. Tu vois comme je suis gentil, hein ? A toi de la chercher, maintenant !

Elle comprit et brusquement elle se précipita pour arracher son manteau, son pull violet, sa robe. Il voulait la voir nue. La regarder grimper en s'aidant des moindres aspérités, retomber, recommencer. Fouiller alvéole par alvéole. Il y en avait combien ? Des dizaines. De toute façon, elle n'était pas en état de compter. Il voulait qu'elle s'exhibe. Qu'elle se donne en spectacle et lui, d'en bas, il allait l'examiner à loisir, tranquillement. Dans tous les détails. En position idéale pour jouir d'un panorama imprenable. Elle avait déjà fait sauter son soutien-gorge, libérant ses seins élastiques et puissants aux longs bouts roses saillants. Une espèce de frénésie l'avait envahie. Elle allait lui donner ce qu'il voulait. Et ensuite elle aurait ce dont elle avait besoin. Elle se conduisait comme une pute, elle le savait, mais elle y était obligée. C'était la logique de son destin. Il n'y avait plus pour elle d'autre issue. Tout ce qu'elle voulait, c'était sa dose. Les drogués sont très vite prêts aux pires lâchetés, aux pires saloperies. Et quand ils se font horreur à eux-mêmes, le garrot, les ampoules et la seringue leur font tout oublier. Jusqu'à la prochaine fois.

Elle s'attaqua à son collant. Puis ce fut le slip, et la brosse touffue des poils clairs de son pubis jaillit, étincelante comme de minuscules copeaux d'or.

— Les soquettes ! émit Garnier d'une voix étranglée. Garde tes soquettes.

Sous ses bottes, ses pieds étaient protégés du froid par des chaussettes presque enfantines. Blanches. L'une d'entre elles était tire-bouchonnée.

— Je peux y aller ? questionna-t-elle.

— Oui, geignit presque Garnier, les yeux fous rivés à la chair tendre du ventre et des fesses.

L'instant d'après, c'était cette chair qui s'ouvrait sous son regard, grimpant péniblement, pieds sur une corniche, mains crochées dans les premiers alvéoles à sa portée, puis jambe droite lancée sur la droite à la recherche d'une nouvelle saillie où prendre appui. Une véritable frénésie la portait. Garnier avait admirablement calculé son coup. La « perspective » était fantastique. La moindre des contorsions de la jeune fille faisait saillir la nacre rose de son sexe entre ses cuisses ouvertes, et il pouvait étudier les changements de position des muqueuses à chaque cambrement des reins, chaque effort pour assurer une nouvelle prise.

Brusquement elle dérapa, ses ongles crissèrent contre le mur et elle retomba sur la moquette en poussant un cri.

Elle se redressa, s'aidant des genoux et des mains.

— Merde, ce serait trop bête ! glapit Garnier en se précipitant sur elle et en la bloquant au sol à quatre pattes.

— Non ! cria-t-elle.

D'un coup de genou entre les cuisses, il la contraignit à s'ouvrir.

— Tais-toi, commanda-t-il. Sinon tu n'auras rien !

Hagarde, elle s'immobilisa, la tête entre ses bras, nuque ployée en avant. Essayant de ne pas penser au spectacle qu'elle offrait à ce type et aux caresses qu'elle sentait sur les rondeurs de ses fesses qui s'ouvraient sous la pression des doigts durs.

— Mieux que ça, l'écartement des jambes !

Elle n'obéit pas. Alors, du pouce, de l'index et du

majeur réunis, il s'enfouit le plus brutalement qu'il put en elle, à l'endroit de ses reins où elle était le plus resserrée.

— Ouvre tes cuisses, reprit-il.

Avec un gémissement, elle éloigna ses jambes l'une de l'autre. Le pouls en accélération incontrôlée, Garnier tâtonna à la recherche de sa voie, la trouva et se souda à elle. Elle poussa un cri, mais il l'envahissait à un rythme de plus en plus violent, la besognant à grands coups de reins, sentant déjà venir une vibration qu'il connaissait bien. Il se pencha, se coucha sur elle et enfonça ses dents dans la nuque de la jeune fille.

— Tu sens bon, petite gosse de riches ! grogna-t-il en l'inondant jusqu'au fond du ventre.

Il était encore à moitié groggy de son orgasme lorsque, relevant les yeux, il aperçut la porte du pigeonnier ouverte. Dans son embrasure, Sophie s'encadrait.

— C'est bien le moment ! cracha-t-elle, glaciale.

Elle avait les yeux fixes, vitreux.

— Je te cherche depuis un quart d'heure ! ajouta-t-elle.

Lentement, il se détacha de Caroline qui gisait à plat ventre, pantelante, sur la moquette. Il se remit debout, révélant au centre de lui une érection de taureau.

— Martine est morte ! jeta Sophie à mi-voix.

— Nom de Dieu ! gémit Garnier en essayant de rentrer dans son logement originel l'engin de plus en plus incongru, vu les circonstances.

— Comme tu dis, approuva Sophie. J'ai l'impression qu'elle a eu une crise cardiaque...

Elle montra Caroline du menton.

— Qu'est-ce que c'est que celle-là ?

Garnier filait déjà vers la sortie du pigeonnier.

— Pas le temps, bafouilla-t-il. Je t'expliquerai.

Restée seule avec Caroline, Sophie se rapprocha et l'étudia.

— Rhabille-toi, fit-elle enfin au bout d'un moment.

Tremblante, la jeune fille essayait de rassembler ses vêtements. Sophie se pencha pour l'aider. Au moment où elle renfilait son slip, Sophie glissa une main entre les cuisses de Caroline, séparant les ourlets humides de son sexe. Elle eut une sorte de soupir caverneux qui ressemblait bizarrement à un sanglot. Puis elle recula. Ses yeux cernés flamboyaient.

— Je ne sais pas qui tu es et je ne veux pas le savoir, fit-elle enfin. Mais tu es beaucoup trop belle, trop jeune et trop élégante pour rester ici. File immédiatement.

Caroline leva vers l'inconnue un regard de chien battu. Le besoin de plus en plus urgent d'héroïne avait sucé en elle toute sa volonté, toute sa dignité. Elle ne pensait qu'à l'incendie qui couvait dans son ventre et la martyrisait.

— Il m'avait promis, commença-t-elle. Il m'avait dit qu'après il me donnerait...

L'autre la scruta.

— Je crois que je vois ce que tu veux dire, murmura-t-elle enfin. Je vais te donner ce qu'il t'avait promis et ensuite tu files, hein ? Je ne veux plus jamais te voir ici ! Jamais, tu entends ?

***

La neige était devenue une vraie tornade qui engloutissait le paysage, la route, les prés vallonnés du Vexin.

Caroline Porreau avait stoppé la Ferrari sur le bas-côté de la chaussée et avait sorti tout son matériel. Seringue, cuillère, briquet. Elle disposa une aiguille au bout de la seringue. Puis elle vida dans un petit flacon qu'elle gardait toujours sur elle le contenu du sachet que l'inconnue lui avait donné. Elle riait presque. Sa dose, cette fois, elle l'avait vraiment bien gagnée ! Elle allait se mettre le garrot et chercher la veine, au pli du coude.

Ensuite ça serait pour quelques heures, comme à

chaque fois. La paix et le bonheur indicibles de l'héroïne.

Machinalement elle passa le doigt sur la poudre blanche et le porta à ses lèvres.

Une chouette, quelque part dans les immensités enneigées, poussa un cri.

Défaite soudain, horrifiée, Caroline avait lâché le sachet de poudre qui se répandait par terre.

De la farine ! De la vulgaire farine !

La fille, là-bas, à la *Ferme Sainte-Catherine*, s'était débarrassée d'elle en lui refilant un sachet rempli de farine !

L'horreur totale. Il lui fallut au moins un quart d'heure pour commencer à arrêter de pleurer.

Elle avait fait rapidement le tour de la situation. Pas question de retourner chez elle, avenue de l'Observatoire, où elle avait simulé le cambriolage de l'appartement de ses parents.

Pas question non plus de se précipiter à nouveau dans la gueule du loup en rebroussant chemin et en revenant chez Charles Garnier.

Pas question également d'aller supplier son dealer habituel pour la bonne raison qu'il avait été arrêté pratiquement sous ses yeux.

Julien, son copain de la rue des Ecoles, était au bout de la route. Une vraie loque. Un mort-vivant.

Ginette était en vacances. Quant à Marc, l'antiquaire, il avait été assassiné.

Nuque renversée sur le siège de cuir de la Ferrari, elle réfléchit.

Il n'y avait plus qu'une seule solution.

⁂

Pas très loin de la Butte-aux-Cailles, dans le XIIIe arrondissement, il existe encore quelques rues bordées de petites maisons individuelles, des pavillons en meulière séparés de la rue par des jardinets et des grilles. Sous la neige colorée de nuances roses au lever du soleil, la rue où s'engouffra la Ferrari de Caroline Porreau ressemblait à une carte postale naïve de Noël.

La grille de fer forgé devant laquelle elle s'arrêta portait une plaque : « Docteur Gaetano Bordiglione. Psychothérapeute. Psychanalyste. »

Il y avait trois marches de ciment pour arriver à la porte d'entrée du pavillon... Caroline s'arrêta sur la deuxième. Hésitante. Bordiglione, qu'elle n'avait pas vu depuis au moins six mois, était l'homme le plus répugnant qu'elle avait jamais rencontré.

Elle haussa les épaules et avança. Il lui fallait de l'argent vite, très vite. Et la piqûre, le fixe, pour oublier ce qu'elle était en train de devenir !

CHAPITRE XIII

Dans le jour blême qui baignait les vastes salons de l'avenue de l'Observatoire, Boris Corentin regarda la longue main fine de Mme Porreau s'avancer vers un paquet de Chesterfield posé sur une table basse en verre et acier. D'un geste nerveux, elle en sortit une cigarette et la porta à sa bouche. Au ras de l'ongle, la peau de l'index et du majeur était jaune. Françoise, la mère de Caroline, n'arrête pas de fumer depuis la veille, lorsque dans leur palace suisse ils avaient reçu le coup de fil de Linda, la bonne.

— C'est notre faute, reprit à la droite de Boris la voix fatiguée de Laurent Porreau. Tout est de notre faute. Nous nous doutions bien qu'un jour ou l'autre quelque chose arriverait à notre fille. Mais nous préférions ne pas y penser. Nous occuper de nos carrières. De nos relations...

Françoise Porreau tourna vers son mari un visage à bout de forces.

— Tu sais très bien que c'est trop tard pour nous accuser, murmura-t-elle. Ça ne sert plus à rien.

Depuis une bonne demi-heure, l'homme qui dirigeait le très confidentiel *Cercle d'Or* et qui, officiellement, était à la tête d'une célèbre société d'armement, faisait son mea culpa. Il avait été aveugle. Par paresse. Parce que c'est plus drôle d'évoluer au milieu de la comédie du pouvoir, cynique et brillante, que d'écouter les cris d'appel au secours silencieux d'une fille à peine sortie de l'adolescence et qui, en devenant une femme, vous est presque devenue une étrangère. Une inconnue, dont on est incapable, quand on est son père, de comprendre les sentiments, de deviner la solitude, les blessures. Le chagrin. Le désarroi.

— Voulez-vous voir une photo de Caroline, monsieur l'inspecteur? interrogea Françoise pour couper court à la litanie d'autoreproches de son mari.

— J'allais vous le demander, s'empressa Boris.

Elle virevolta dans sa robe rouge. L'homme à femmes qu'était Corentin ne put s'empêcher de rêver cinq secondes sur la silhouette épanouie de cette femme qui atteignait presque la quarantaine, aux jambes fuselées, aux attaches fines, aux seins lourds et fermes sous le chemisier.

Il réfléchissait. Essayant de mettre bout à bout les informations égrenées en désordre par le couple. Un chaos d'événements qui n'avaient pas l'air de coller les uns aux autres. Le cambriolage de l'appartement, la disparition de Caroline. Et aussi celle de la Ferrari appartenant aux parents de la jeune fille. A première vue, c'était une banale fugue, et Caroline allait réapparaître sous peu et supplier ses parents de lui pardonner. Peut-être qu'au passage elle aurait perdu sa virginité (si tant est que les affirmations de Mme Porreau pouvaient être prises en considération) mais c'est heureusement le genre de perte dont on se remet très bien. La seule chose qui le chiffonnait c'était les coïncidences : le cambriolage, la voiture disparue et Caroline envolée. Tout cela en l'espace de vingt-quatre heures. Comme tous les policiers, Corentin avait horreur de prendre les coïncidences pour ce qu'elles paraissaient être. Il avait appris, en quinze ans de Brigade Mondaine, à n'avoir pas tellement foi dans le hasard.

Il remua dans son fauteuil de cuir de chez Stark.

Françoise Porreau revenait avec plusieurs photos de sa fille.

— La voilà, annonça-t-elle.

L'inspecteur divisionnaire Boris Corentin tint stoïquement le coup. En se félicitant de sa position par rapport à la mère de Caroline. Elle était debout et lui assis, elle ne pouvait donc voir la lueur de son regard qui s'était allumé d'une flamme intense lorsque, s'emparant des clichés, il avait instantanément reconnu Caroline.

La blonde en vison de la nuit du Carnaval, l'autre jour. La fille qui michetonnait et s'était enfuie à son arrivée, dans la galerie Véro-Dodat. Une droguée qui se prostitue pour se payer sa dose... Une bourgeoise, avait affirmé de son côté Ghislaine. Une fille à papa, rien qu'à voir le vison.

Les deux choses finalement n'étaient pas incompatibles.

Il s'obligea à regarder longuement les clichés, les prenant et les reprenant en silence. Tout en digérant sa découverte. Dont il ruminait les conséquences.

Finalement, quand il fut sûr qu'il s'était composé une tête impassible, il releva les yeux. Pas question de raconter aux parents ce qu'il savait sur leur fille qu'ils croyaient vierge. Depuis vingt-quatre heures, ils en avaient vu de toutes les couleurs. C'était inutile de leur rendre la vie encore plus difficile qu'elle n'était soudain devenue pour eux.

Le téléphone sonna à côté.

— Excusez-moi, murmura Laurent Porreau en disparaissant.

Ils restèrent seuls, Mme Porreau et lui. Elle s'était laissée tomber dans le grand divan hyper-moderne signé Eileen Gray.

— Pardonnez-moi, murmura Corentin, mais je suis obligé de vous poser certaines questions. C'est le sale côté de notre métier, voyez-vous. La nécessité parfois d'avoir des curiosités mal placées.

Elle tourna vers lui un visage bronzé malgré ses vacances écourtées.

— S'il s'agit de la vie intime de ma fille, monsieur l'inspecteur, je crois vous avoir déjà répondu. A ma connaissance elle n'a pas de petit ami et n'en a jamais eu.

Elle lui avait donné les noms et adresses de quelques camarades. En particulier Valéry Brémard de Bouville. Un garçon du meilleur monde, dont le père présidait un nombre impressionnant de conseils d'administration. Valéry avec qui Caroline avait prévu une sortie, la veille de sa disparition. Du moins, c'est ce qu'elle leur avait dit, quand elle leur avait téléphoné.

— Je ne voulais pas parler de ça, reprit Corentin.

Il regarda la pointe de sa chaussure droite.

— Vous n'avez jamais soupçonné Caroline...

Il hésita, se dit que ça ne servait à rien d'envelopper quelque chose qui, de toute façon, allait être dur.

— Vous n'avez jamais soupçonné votre fille, reprit-il, de se droguer ?

Un nuage passa dans le regard de Mme Porreau.

— Bien sûr que si, répondit-elle d'une voix absente. En la poussant dans ses retranchements, elle avait fini par m'avouer qu'elle s'était piquée, une ou deux fois. Mais, vous savez comment ça se passe entre parents et enfants ? Ceux-ci essayent toujours de noyer le poisson... Un soir, je me suis enfermée avec elle dans son studio et je l'ai questionnée plus sérieusement. C'était après l'affaire des chèques volés et des cartes de crédit dont nous vous avons parlé. Je lui ai demandé si elle se piquait. Elle a haussé les épaules.

Françoise Porreau plissa son beau front bombé.

— Je suis revenue plusieurs fois à la charge. Elle me répétait toujours la même chose. Elle me reprochait... Comment disait-elle ? De n'être pas assez « cool »...

Laurent Porreau revenait dans le salon.

— Pourrais-je voir le studio que votre fille occupe ? demanda Boris.

— Bien sûr, répondit le créateur du *Cercle d'Or*. Je vais moi-même vous y conduire.

Dans l'escalier où le tapis couleur bordeaux étouffait les pas, Laurent Porreau secoua la tête.

— A peine revenu à Paris, dit-il, mes préoccupations professionnelles me reprennent. Déjeuners, dîners, commissions, réunions...

Il saisit le bras de Corentin.

— Retrouvez Caroline ! Je vous en supplie, monsieur l'inspecteur. Sinon nous allons devenir fous, ma femme et moi.

Dans le studio de la jeune fille, au sixième, le lit défait, des vêtements roulés en boule un peu partout, trahissaient la précipitation avec laquelle elle était partie. La longue silhouette maigre du P-DG se laissa tomber au milieu des couvertures et des draps froissés.

— Monsieur l'inspecteur, reprit-il à voix basse, je ne vous ai pas tout dit, tout à l'heure, quand je vous ai parlé du cambriolage.

Il passa une main dans ses cheveux qui commençaient à grisonner.

— Je n'ai pas voulu en parler devant Françoise, et probablement n'y a-t-il aucun rapport entre ces bibelots dérobés et la disparition de Caroline. Mais quelque chose m'inquiète. C'est très important...

Il se voûta.

— Monsieur l'inspecteur, j'espère que je peux me confier à vous.

Corentin haussa les sourcils.

— Je vous écoute, murmura-t-il.

— Parmi les bibelots qui nous ont été dérobés, il y a un objet auquel je tenais beaucoup. Ce... Ce plumier turc du XVIIIe siècle dont je vous ai parlé...

— Je vois, fit Corentin.

Porreau lui avait communiqué la liste des objets qui, après examen, lui semblaient avoir disparu.

— En réalité, reprit-il, il y avait à l'intérieur de ce plumier quelque chose à quoi je tenais encore bien plus. Pardonnez-moi si je n'entre pas dans les détails, monsieur l'inspecteur. Mais mes activités me mettent en contact avec certaines réalités... Vous savez que je suis depuis un an président-directeur général d'une société d'armement ? A ce titre, il m'arrive d'avoir certaines informations... Le trafic des armes, à travers le monde, en recoupe souvent d'autres... Tout aussi graves et meurtriers dans leur genre. Celui de la drogue par exemple...

Les yeux noirs de Corentin s'allumèrent.

— Excusez-moi encore une fois de ne pas aller plus loin dans les précisions, reprit Laurent Porreau. A partir de certains recoupements, j'ai pu reconstituer en partie une filière importante. Je ne peux pas vous en dire davantage. Des personnages très haut placés pourraient être compromis... Des noms célèbres... Mais mon « enquête », si je puis dire, est loin d'être terminée. Je tiens par conséquent à ce qu'elle reste pour le moment confidentielle. Seulement ce qui est grave, c'est que j'avais établi une liste de noms, et que j'avais dissimulé cette liste à l'intérieur de ce plumier qui a disparu. Bien entendu je n'ai aucune raison de penser qu'on m'a cambriolé pour s'en emparer... Mais si ce document tombait entre certaines mains...

Il toussota. Corentin carburait à toute allure. Décidément il n'y a pas de hasard. Huit jours auparavant, il démarrait sur une affaire de fille massacrée, droguée à mort, qui avait été violée et avait succombé à une overdose d'héroïne. L'enquête n'avait pas encore donné grand-chose mais Aimé Brichot surveillait jour et nuit les étranges allées et venues d'un mystérieux groupe d'individus, place de Stalingrad, autour d'un bistrot au nom tout à fait approprié : *l'Espérance...* Et maintenant on en arrivait à Caroline Porreau, la fille unique d'un personnage très en vue dont Corentin était prêt à parier qu'elle se défonçait elle aussi à l'héroïne. Tandis que son père s'intéressait de très près aux filières des marchands de mort qui acheminaient vers l'Europe leur cargaison de poudre meurtrière...

— Ce n'est pas à vous, monsieur l'inspecteur, reprit Porreau, que j'apprendrai que, contrairement au Cannabis qui vient surtout du Liban, et à la cocaïne qui arrive presque exclusivement de Colombie, l'héroïne afflue de partout à la fois. D'Inde, du Pakistan, d'Afghanistan, d'Iran, de Turquie, d'Israël et même du Nigeria... Tous pays, comme par hasard, où le trafic des armes est intense. Vous comprenez pourquoi je me suis penché sur la question...

Corentin réfléchit. Il brûlait de demander au père de Caroline de le laisser seul dans le studio de sa fille pour y opérer une perquisition en règle. Le malheureux était assez éprouvé comme ça. Il décida d'agir plus discrètement. Il se leva.

— Vous permettez ? demanda-t-il.

— Je vous en prie.

Dans le cabinet de toilettes, il y avait un lavabo, une glace, une armoire vitrée. Il ouvrit celle-ci, fouilla méthodiquement les étagères.

L'instant d'après, il revenait dans le studio. Au fond de sa poche, une innocente boîte de pastilles contre la toux.

A l'intérieur de laquelle se trouvaient deux seringues...

Il ne s'était pas trompé dans son diagnostic. Caroline était bel et bien « accro ».

Il revit le cadavre massacré de Nathalie Mélinian, huit jours auparavant.

Il fallait absolument qu'il retrouve la fille du créateur du *Cercle d'Or*. Avant qu'il ne soit trop tard pour elle aussi.

***

Le bureau des Affaires Recommandées, au second étage du Quai des Orfèvres, avait sa tête des après-midis d'hiver cafardeux. Casiers, téléphones, classeurs en métal vert, tables en bois clair. Deux stornos[1] avaient été placés dans leurs casiers, en recharge de piles. Corentin aurait pu utiliser un des autres stornos en état de marche pour appeler Brichot. Surtout que, depuis peu, ces appareils étaient munis d'un système de décodage qui brouille les ondes et rend impossibles les écoutes. Mais il avait préféré en passer par le bon vieux téléphone de tout le monde pour appeler l'*Hôtel du Nord et du Commerce* où Brichot continuait inlassablement son travail de fourmi en planque, aidé de Rabert.

— Tu n'es pas au courant, Boris ? criait Aimé au bout du fil. J'ai l'impression qu'on est sur une toute grosse affaire, finalement !

— Tu vois, émit Boris Corentin. Je t'avais bien dit qu'il ne faut jamais désespérer.

— Je t'ai parlé du type à la BMW ? Non ? Une bagnole qui n'arrête pas de tourner dans le quartier, de revenir s'arrêter devant le bistrot, en face de l'hôtel, de repartir... J'ai fait vérifier le numéro d'immatriculation au Service des cartes grises de la préfecture de police. La BMW appartient officiellement à un Libanais qui n'a pas mis les pieds en France depuis au moins un an. Mais grâce au téléobjectif, j'ai pu obtenir d'assez bons clichés de la sale gueule du type qui la pilote et qui fait de temps en temps des entrées précipitées dans le café. Rabert a fait développer les photos ce matin, il a consulté toutes les archives possibles et imaginables. Jusqu'aux circulaires de recherche d'Interpol concernant les truands internationaux. Figure-toi qu'il s'agit d'un certain Gabrieli, corse d'origine pied-noir, qui tenait il y a trois ans une boîte, une sorte de club de partouzes de haut vol fréquenté par des tas de personnalités étrangères. On l'a même fait fermer, et puis il a rouvert très discrètement.

(1) Talkie-walkie.

— Le *Big Bang* ? demanda Corentin.

— Tout juste. Le club en question a reçu l'autorisation de rouvrir ses portes grâce à des appuis, paraît-il, émanant des hautes sphères. Au ministère des Affaires Etrangères, semble-t-il, mais rien n'est prouvé. En tout cas, ça veut dire que le Gabrieli en question n'est pas n'importe qui. Il a des relations...

Corentin avait recommencé à carburer.

— Des relations internationales, émit-il.

— Tout juste, reconnut Brichot. Qu'est-ce qu'on fait, Boris ?

Corentin soupira.

— On continue, murmura-t-il. Evidemment. Tu vas jusqu'au bout. Pas question de lui sauter sur le paletot pour le moment. On n'en sait pas encore assez.

— Facile à dire, grinça Brichot. Tu sais que je suis en train de crever d'ennui, moi, dans mon trou à rats ?

Corentin sourit.

— Et moi, tu crois que je m'amuse ?

Quand il eut raccroché, Boris Corentin refit un point rapide de la situation. Peut-être que tous ces événements n'avaient pas le moindre lien les uns avec les autres. Mais si on acceptait le postulat qu'ils en avaient un, ça faisait une affaire à multiples entrées et sorties. Deux filles jeunes et belles aux deux extrémités. L'une morte d'overdose, l'autre camée elle aussi et disparue. Les objets dérobés chez Porreau, et particulièrement le plumier turc, avec la liste accusatrice à l'intérieur... Sans oublier l'embryon de filière dans lequel Brichot, place Stalingrad, commençait à mettre le nez...

Pour l'instant, le plus urgent c'était Caroline. Il avait quelques adresses. D'amis et d'amies de la jeune fille. Il les étudia un instant.

Le dernier à l'avoir officiellement vue, c'était ce garçon, Valéry Brémard de Bouville. Il décida de commencer par lui et décrocha le combiné téléphonique.

*
**

Si, au même instant, Corentin avait pu, grâce à un procédé relevant des dons que possèdent certains personnages de contes de fées, dans une rue discrète du XIIIe arrondissement, il aurait eu probablement le choc de sa vie.

Surtout si, du même élan, il s'était propulsé jusqu'à la cave du pavillon en question...

CHAPITRE XIV

La cave était vide, silencieuse et plongée dans le noir le plus complet. Depuis combien de temps Caroline s'y trouvait-elle ? Impossible de répondre à cette question. Elle avait rouvert les yeux, quelques minutes auparavant, dans les ténèbres. Une vague odeur de santal flottait autour d'elle. Elle s'était très vite dit qu'elle était dans une cave à cause du bruit sourd des voitures, de l'autre côté du mur. Un bruit qui semblait venir de la droite, et en surplomb par rapport à elle. Un roulement étouffé : le soupirail de la cave avait du être équipé de vitrages renforcés très épais. Elle se dit qu'il fallait qu'elle domine son angoisse. Plus facile à dire qu'à faire, avec ce tremblement irrépressible qui l'envahissait... Elle n'était pas ligotée, mais son cou était retenu dans un énorme anneau, une sorte de collier d'acier relié à une chaîne qu'elle entendait cliqueter à chaque mouvement.

La chaîne elle-même devait être attachée à quelque chose, au mur, derrière elle. En remuant, elle s'aperçut qu'elle était nue.

L'angoisse du manque la réenvahissait. Et, comme presque à chaque fois, un tic la reprenait, toujours le même. Elle portait les mains le long de sa gorge comme si elle étouffait ou comme si elle luttait contre l'envie irrésistible de s'étrangler.

Pourtant, elle l'avait eu sa piqûre, en arrivant chez le docteur Bordiglione. Il la lui avait faite sans même qu'elle la lui demande. Souriant, empressé. Compréhensif. N'ayant même pas l'air de lui en vouloir pour avoir disparu six mois auparavant, après qu'elle eut fait avec lui quelques séances de psychanalyse sur la demande de ses parents. Au contraire. Il avait simplement dit, en préparant la seringue :

— Je savais que vous reviendriez un jour, je le savais, Caroline. On revient toujours. De soi-même. Il ne faut jamais obliger qui que ce soit à suivre un traitement... C'est par soi-même qu'on en arrive à vouloir sa propre guérison. Son salut...

Fugitivement Caroline se dit qu'il avait le même ton de voix doucereux, enveloppant, que Charles Garnier, le « rééducateur » du Vexin... Que c'était la raison pour laquelle elle avait tout de suite détesté ce dernier. Mais le flash de l'héroïne avait effacé ses pensées. A nouveau ça avait été la douce euphorie qui vous donne l'impression de dominer le monde, l'illusion d'être le seul être vivant dans un monde d'automates et de marionnettes, qu'on pourrait d'un claquement de doigts effacer, faire rentrer à jamais dans le néant. Elle avait senti qu'elle s'endormait au milieu de son rêve de toute-puissance, que Bordiglione la portait dans ses bras à travers les pièces. Elle avait sombré dans un puits sans fond dont elle n'était remontée que pour se réveiller, ici, en pleines ténèbres...

Plongée dans un nouveau cauchemar. Une nouvelle étape dans le voyage au bout de l'horreur qu'était devenue sa vie depuis quelques jours.

***

Au même instant, deux étages plus haut, dans le pavillon où était installé le cabinet de consultation du docteur Gaetano Bordiglione, un éphèbe brun aux cheveux frisés entrouvrait sa chemise à carreaux, au milieu d'un minuscule salon tout tapissé de velours noir et d'ors fanés.

— Cela vous plaît, Maîtresse ? interrogea-t-il sur un ton inquiet.

La jeune femme en face de lui fronça les sourcils. Elle était toute menue, vêtue de noir des pieds à la tête, cheveux noirs, bas noirs et escarpins vernis noirs. Elle avait l'air fragile. La taille et la silhouette d'une adolescente. Mais une étrange énergie fiévreuse émanait d'elle.

— Rapproche-toi, murmura Amanda.

Mme Bordiglione, l'épouse du célèbre psychanalyste. Quelques personnes à Paris — une vingtaine tout au plus — savaient que cette petite femme effacée, silencieuse, charmante dans les cocktails et les réceptions où le couple était si souvent invité, organisait d'étranges cérémonies secrètes. Des rituels bizarres, inquiétants, avec masques, miroirs, accouplements lents de participants choisis qui lui obéissaient au doigt et à l'œil. Elle était aussi célèbre à Paris qu'aux Etats-Unis, où elle passait une partie de l'année et où Bordiglione possédait une propriété en Floride. Célèbre dans un minuscule cercle d'initiés, bien entendu. Le tout-New York intellectuel et pervers s'était rué, une année, à l'une de ses grandes réceptions où elle avait organisé des tableaux vivants rappelant certaines scènes frappantes de la mythologie grecque. Le martyre des dieux célèbres... Prométhée dévoré par un vautour. Pasiphaé fécondée par un taureau. Ulysse possédant la nymphe Calypso. Bien entendu, les actions étaient simulées (un « acteur » costumé en vautour, par exemple, et équipé d'un bec d'aigle en acier tranchant, infligeait des éraflures superficielles à un autre « acteur » qui était censé incarner Prométhée), mais il y avait eu ce soir-là, disait-on, un « accident ». Un des participants avait failli mourir d'hémorragie. Il avait été sauvé in extremis et l'affaire avait été étouffée. Depuis, Amanda avait su se faire plus discrète, se faire un peu oublier...

A Paris, l'été, l'une de ses grandes distractions nocturnes consistait à emmener l'un ou l'autre de ses « esclaves » du moment au bord de la Seine, sur un quai, d'attacher l' « esclave » en question à l'un des anneaux d'amarrage scellés dans le mur, et d'attendre le passage des bateaux-mouches pour flageller son prisonnier à la lueur des projecteurs, sous les yeux des touristes bien entendu ravis, suffoqués et ébahis de découvrir ainsi les secrets de la Ville-Lumière...

Mais on n'était pas en état, il neigeait au-dehors, et pour le moment Amanda n'avait que Nicolas sous la main. Elle avança son visage aigu, en lame de couteau, vers l'échancrure de la chemise qu'il lui présentait. Au milieu de la poitrine, au-dessous de la chaîne en or qu'il portait au cou, on apercevait deux minuscules lettres noires indélébiles. Tatouées dans la peau mate. Amanda les examina minutieusement. Un A et un B. Les initiales de son nom : Amanda Bordiglione... Elle trouvait que la graphie du A était trop lourde, trop épaisse. Elle eut une petite grimace de mécontentement. C'était elle pourtant qui avait dessiné sur une feuille de papier blanc les deux lettres, quand on avait décidé que Nicolas, son esclave, les porterait à jamais, là, à mi-chemin entre les aréoles brunes de ses seins presque imperceptibles. Elle émit avec les lèvres un petit bruit réprobateur.

— Maîtresse n'est pas satisfaite ? s'inquiéta le jeune homme.

Les yeux noirs d'Amanda scintillaient.

— Il manque quelque chose, murmura-t-elle d'une voix tremblante. Je veux que ton corps m'appartienne plus complètement. Au-dessous de mes initiales, je vais creuser moi-même ma signature. Ma marque indélébile.

Elle le regarda.

— Tu n'as pas peur ?

Nicolas eut un sourire angélique. Il avait vingt-deux ans. Il était soumis corps et âme à Amanda depuis près d'un an, et bien entendu cette dernière ne lui avait jamais donné l'autorisation de l'approcher, si ce n'est pour lui lécher le pied droit tandis que de l'autre, elle s'amusait à lui écraser la nuque contre le sol. Un plaisir qu'elle avait appris à goûter dans une boîte sado-maso de San Francisco où un Noir, une nuit, s'était précipité à terre pour « nettoyer » de sa langue sa plante de pied légèrement sortie de son escarpin, y ramassant toute la poussière et la sueur de la journée...

— Maîtresse sait bien que je n'ai pas peur quand c'est elle qui décide, murmura Nicolas.

La suite de l'opération dura une bonne demi-heure. Ce n'était pas ce genre d'opération en elle-même qui intéressait Amanda mais bien la cérémonie qui l'entourait. Elle avait décidé de brûler profondément la poitrine de Nicolas juste au-dessous de son tatouage. Ce serait sa signature. La marque circulaire, comme une médaille, d'une cigarette incandescente écrasée. Il fallait qu'elle s'entraîne d'abord à fumer jusqu'à ce que la cigarette ait la taille voulue, de sorte qu'en l'écrasant elle ne ploie pas, ne dérape pas, ne « bave » pas en imprimant une blessure inégale qui, de toute façon, ne serait pas rattrapable.

Elle fit plusieurs essais dans le plus grand silence. Le tatoueur de la rue du Faubourg-Montmartre auquel Nicolas s'était adressé n'avait vraiment pas travaillé très consciencieusement, pensait-elle. Lorsqu'une dizaine de cigarettes eurent été écrasées pour rien dans un grand cendrier de cristal, elle se réintéressa à Nicolas... Ce qui la bouleversait toujours chez le jeune homme, c'était ce cou long et blanc et rond auquel elle adorait fixer des anneaux de métal, des chaînes, des lacets... Un jour, pensa-t-elle avec un frisson... Un jour peut-être... Un jour elle serrerait plus fort. Jusqu'à ce que...

Ce jour n'était pas arrivé. Elle le fit s'agenouiller.

— Ne bouge pas, souffla-t-elle.

— Oui, Maîtresse...

Elle s'empara d'un long fume-cigarette en galalithe noir, y fixa une cigarette et l'alluma.

Elle avait déjà longuement pensé à cette scène. Le rougeoiement de la cigarette à moitié consumée... Les halètements d'attente de Nicolas... Les gouttes de sueur sur son visage... La palpitation perceptible de son cœur, là, sous le sein gauche.

Et ce râle étouffé du jeune homme au moment où, enfin, elle lui enfonça d'un geste vif la cigarette au milieu de la poitrine, à l'endroit prévu.

En bon esclave bien dressé, Nicolas ne poussa pas le moindre cri tout le temps que la jeune femme enfonça et écrasa la cigarette sur sa poitrine dans un geste tournant. Mais instantanément, son jean se gonfla à l'endroit du sexe d'une bosse qui n'arrêtait pas de s'accroître.

— C'est bien, murmura Amanda en déposant un baiser sur le front de Nicolas.

Elle avait préparé une petite boîte ornée d'écailles dans laquelle elle plaça le mégot noirci. Le fermoir de la boîte claqua et elle tendit l'objet au jeune homme.

— C'est pour toi. Pour que tu te souviennes à jamais que tu m'appartiens.

Derrière une tenture de velours grenat, il y eut le bruit étouffé d'un panneau qui se referme : le judas par lequel Gaetano, entre deux clients, venait parfois observer Amanda, dans sa chambre, quand elle avait avec elle un de ses esclaves.

Une convention entre eux : il la laissait organiser à domicile toutes les petites cérémonies sado-maso qu'elle voulait, mais en échange elle le laissait jouir du spectacle.

Regarder : c'était tout ce qu'il savait faire, depuis le cancer très mal placé dont il avait réchappé cinq ans avant. Certes, il n'y a pas de cancer bien placé, mais celui-là avait niché ses métastases exactement là où les hommes et les femmes présentent une différence extrêmement notable. Au prix de séances intensives de rayons, son cancer des testicules avait finalement été vaincu. Bordiglione s'en était tiré. Mais depuis, il était aussi impuissant qu'un castrat de la Chapelle Sixtine.

C'est à cette époque qu'Amanda avait commencé à organiser ses soirées de « tableaux vivants ». Pour son équilibre, disait-elle... Gaetano aurait eu mauvaise grâce à lui reprocher ces élémentaires compensations. Surtout si elles étaient aussi « hygiéniques » qu'elle le prétendait.

L'érection de Nicolas, pendant qu'elle apposait sa « signature » brûlante sur sa poitrine, n'avait pas échappé à la jeune femme.

Elle le déboutonna rapidement et, du bout des doigts, le sortit du slip et du pantalon. Puis elle caressa l'énorme promontoir violacé qu'elle venait d'extraire. Sous sa paume, elle sentait les battements de la verge comme un gros oiseau terrorisé. Elle serra un peu. Elle adorait le martyriser à cet endroit-là. Sa punition préférée, quand il lui avait déplu d'une façon ou d'une autre, c'était de lui accrocher des poids de plusieurs kilos au sexe puis de l'exciter de façon à ce que son érection, contrariée par le fardeau qui la tirait vers le bas, soit plus douloureuse.

— Il ne faut pas être aussi pressé, mon petit Nicolas ! murmura-t-elle.

Un nuage trouble passa devant ses yeux.

— Viens, souffla-t-elle en le lâchant. J'ai quelqu'un pour toi. Tu as été docile, obéissant. Tu mérites une récompense...

*
**

Caroline Porreau eut un soubresaut de tout le corps en entendant la porte de la cave s'ouvrir. Puis, dans le noir, ce furent des pas qui descendaient l'escalier et enfin la lumière inonda l'habitacle où elle marinait depuis elle ne savait combien d'heures.

— Qui êtes-vous ? gémit-elle. Pourquoi...

Elle n'avait jamais vu Amanda, et le grand jeune homme brun, l'« esclave » à la chemise ouverte sur son torse tatoué, lui était inconnu.

— Tais-toi ! cracha la jeune femme.

Toutes les lumières, dans la cave, s'étaient allumées en même temps et Caroline découvrait un lieu étrange. Deux vastes salles couvertes de moquettes épaisses, des tapis chinois, des tentures de velours aux teintes étouffées, des meubles en acajou ou en ébène, et des lampes partout, petites ou grosses mais toutes avec des abat-jour écarlates, ce qui faisait baigner les « salons » souterrains du pavillon dans une lueur rouge sang angoissante...

— Cette petite conne que tu vois là, jeta Amanda en montrant Caroline, nous est tombée du ciel ce matin. Prête à n'importe quoi pour avoir sa piqûre d'héroïne. L'idiote ne sait pas ce qui est bon...

Elle avait des yeux de folle, une voix aiguë et fiévreuse. Caroline se mit à trembler.

— Elle ne sait pas qu'il y a des drogues qui ne sont pas artificielles et qui procurent des jouissances mille fois plus intenses.

Elle ouvrit un peu les bras.

— Comme par exemple de faire souffrir !

Elle redéboutonna Nicolas.

— Tu la veux ? murmura-t-elle.

Le garçon hésitait.

— Elle est à toi, reprit-elle. N'aie pas peur : quand nous en aurons fini avec elle, nous la jetterons dehors avec suffisamment de drogue pour se défoncer pendant quinze jours. Elle n'aura donc aucune raison de nous trahir. N'est-ce pas, Caroline ?

Elle se rapprocha.

— Surtout qu'elle sait qu'elle pourra toujours revenir nous voir et nous en redemander. Il y en aura toujours pour elle, chez nous. A condition bien sûr qu'elle soit gentille, obéissante. Et discrète...

Caroline roulait des yeux épouvantés. Une fois de

plus, dans sa quête folle, elle s'était jetée dans la gueule du loup.

— Vous êtes donc tous ignobles ? jeta-t-elle d'une voix épuisée.

Amanda l'observait. Parcourant des yeux ses seins riches et jeunes, bien droits avec leurs pointes longues et roses, ses hanches larges et saines, son ventre plat, le triangle épais et luisant de sa toison blonde.

— Ignobles ? fit Amanda en papillotant des paupières. Je suis sûre que tu vas adorer ça, au contraire. Mon « esclave » est un garçon très doué, tu sais ?

En même temps, elle avait glissé la main entre ses cuisses et s'introduisait de l'index dans son ventre. Elle y fit quelques va-et-vient, appréciant la musculation intime de la jeune fille.

— C'est bien ce que je pensais. Tu es toute trempée, que tu le veuilles ou pas !

Elle se retourna vers Nicolas.

— Prends-la. Elle est merveilleusement étroite, tu vas voir !

Elle obligea Caroline à se mettre à genoux.

— Tu vas être très gentille avec lui, dit-elle.

La gorge serrée, la bouche sèche, Caroline l'observait.

— Suce-le pour commencer, lui ordonna-t-elle.

Nicolas achevait de sortir de son pantalon un superbe sexe déjà plus qu'à moitié tendu. Il fit un pas et le gland heurta les lèvres serrées de Caroline.

— Suce-le, répéta Amanda. Sinon tu n'auras pas ta dose !

Dans l'esprit de la jeune fille, la colère et l'écœurement, une fois de plus, se battaient avec la tentation folle de se soumettre, d'accepter, d'obéir. Et d'avoir à nouveau ce qui recommençait à lui manquer : le flash infiniment délicieux et apaisant de l'héroïne...

Elle leva les yeux.

— Si vous voulez que je fasse ça, balbutia-t-elle, détachez-moi ! Ça me fait mal.

Amanda réfléchit.

— Très bien, dit-elle. Mais n'essaye pas de faire l'idiote ! J'ai refermé à clé. Tu ne peux pas t'enfuir de la cave.

Elle lui retira le collier d'acier qui l'étranglait.

— Et maintenant suce, commanda-t-elle.

Caroline se laissa aller en avant, bouche ouverte. Le glissement du membre entre ses lèvres sembla avoir pour effet de le faire doubler de volume. Elle se rappela sa première fellation forcée, il y avait si peu de temps, au château de Boisherpin, et retrouva cette même sensation de nausée insupportable, ce même étouffement, cette même envie de vomir.

— Mieux que ça ! glapit Amanda. Lèche-le d'abord avec la langue. Partout !

Amanda recula, cherchant des yeux quelque chose. Le spectacle n'était pas complet. Il fallait qu'elle assouvisse jusqu'au bout son besoin de cruauté. Elle se souvint du brasero, dans la pièce voisine. Elle s'en était déjà servie plusieurs fois avec certains de ses « esclaves », hommes ou femmes, pour les marquer à l'épaule comme on le fait avec les taureaux... Elle alla vérifier si le matériel était en place. On avait replacé des braises, et une longue tige de métal était posée à côté, terminée par le fer proprement dit, une marque en forme de cœur.

Rapidement, elle versa du *white spirit* sur les braises et y précipita une allumette enflammée.

Caroline continuait à avaler Nicolas.

Celui-ci lui avait pris la tête et la faisait aller et venir de plus en plus vite autour de son membre comme s'il manœuvrait une poupée.

— Bien, très bien, constata Amanda. On va finir par en faire une vraie petite esclave. Une parfaite petite salope. Comme les autres.

Elle voyait loin dans l'avenir. Même si Caroline n'avait pas d'elle-même une nature de fille soumise et maso, elle le deviendrait. Par nécessité. Parce qu'elle avait besoin de ses doses et qu'elle, Amanda, les lui fournirait. A condition qu'elle se plie à ses caprices.

Un chantage qui n'aurait pas de fin.

CHAPITRE XV

Le visage de lévrier dégénéré de Valéry Brémard de Bouville sembla se décomposer.

— Je vous ai dit ça, moi, monsieur l'inspecteur? interrogea-t-il d'une voix altérée.

Boris considéra ses chaussures où une bouillasse faite de neige fondue mélangée à du sable et du sel dégoulinait sur le tapis afghan du salon des Brémard de Bouville, rue Mignard, dans le XVIe.

— Non, fit-il enfin. Mais maintenant c'est comme si vous me l'aviez dit, n'est-ce pas?

— Je ne comprends pas, gémit le jeune homme.

Boris sourit, considérant le décor. Au second étage d'un vaste immeu·le en pierres de taille, l'appartement des Brémard de Bouville était plutôt dans le genre somptueux. Porte refermée, on se trouvait comme dans un autre monde. Les longs couloirs obscurs, les moquettes épaisses, les tentures, les tapis étouffaient les moindres bruits. Même le roulement de Paris s'estompait, au-dehors. Un domestique était venu apporter un plateau d'argent sur lequel trônait une cafetière, un sucrier et deux tasses. Puis il était reparti dans les profondeurs silencieuses comme un fantôme.

— Récapitulons, vous voulez bien? interrogea l'inspecteur divisionnaire Boris Corentin. Primo, vous saviez pertinemment que Caroline se droguait. Et pas à n'importe quoi. A l'héroïne. Le pire des trucs.

Le jeune homme ravala sa glotte. Ce flic aux yeux noirs était d'une rapidité d'intelligence diabolique. Du genre à faire un malheur aux épreuves du troisième jour (1)... En cinq minutes il avait deviné que Valéry était au courant, pour Caroline. Qu'il savait qu'elle se shootait. Ce qu'il ignorait c'est qu'en réalité Boris, comme souvent, y était allé au pif. A l'intuition. Et il avait gagné. Rien qu'à l'air faux jeton du brillant futur haut fonctionnaire, il s'était dit que celui-ci devait cacher quelque chose...

— Vous saviez et vous n'avez rien dit, reprit-il. Pourquoi ?

L'autre joignit ses longues mains osseuses.

— Mais... parce que, Caroline et moi...

Corentin agita la main droite.

— Vous allez mentir, siffla-t-il. Il n'y a rien entre Caroline et vous, ses parents ont insisté là-dessus et, sur ce point, je suis à peu près sûr qu'ils ne se trompent pas.

Rien qu'à repenser à la silhouette de la jeune fille, si fugitivement entrevue, passage Véro-Dodat, une nuit, ça crevait les yeux que cette blonde ravissante n'aurait jamais rien pu éprouver pour l'espèce de grand dadais poussé en graine qu'était Valéry.

— Donc, reprit Boris, vous découvrez que Caroline se drogue. Vous ne dites rien à personne. Ça vous donne barre sur elle. Et vous l'emmenez en virée dans votre château de famille du Loiret. C'est bien ça ?

Silence.

— Ce qui fait que vous êtes la dernière personne à l'avoir vue.

— Elle est rentrée à Paris à bord de la Ferrari de ses parents, répondit Valéry. Après ça, je ne sais plus rien monsieur l'inspecteur !

(1) Surnom des épreuves de « culture générale » du concours d'entrée à l'ENA.

Une heure plus tard, Corentin quittait l'immeuble de la rue Mignard. Valéry avait quand même fini par se mettre à table, mais ça n'avait pas été facile. Au compte-gouttes, il avait avoué sa tentative de chantage sur Caroline, au château de Boisherpin et, en partie, le viol de cette dernière.

Il avait passé sous silence la présence des trois Noirs qui avaient participé aux réjouissances.

Mais l'un dans l'autre, Corentin ne repartait pas bredouille. Il avait en tout cas confirmation de ce qu'il pensait depuis le début : Caroline était prête à tout pour se procurer de l'argent...

⁂

Boris Corentin raccrocha, presque gai.

— Ça y est ! Ils ont retrouvé la voiture ! émit-il d'une voix légère.

Puis il s'aperçut qu'il parlait tout seul au milieu du grand désert du bureau des Affaires Recommandées. Il se leva.

La Ferrari des Porreau avait été repérée une heure avant dans une petite rue du XIIIe arrondissement par un car du CIAT (1) du quartier, 144 boulevard de l'Hôpital. Il relut ses notes. La rue avait un drôle de nom : Dieulafoy.

Il redécrocha le combiné. La Ferrari avait pu être abandonnée là par hasard, mais on ne savait jamais. Caroline pouvait aussi bien connaître quelqu'un dans ce quartier.

Il pianota sur le clavier l'un des numéros des Porreau. La ligne de madame. Le couple avait trois lignes distinctes.

⁂

(1) Abréviation de commissariat.

La longue tige de métal, incandescente à l'extrémité, se rapprochait de l'épaule de Caroline.

— Plus creusés, les reins, commanda Amanda Bordiglione.

Ils l'avaient tous les deux fait mettre à quatre pattes, présentant ses fesses en pommes, sa croupe très jeune bien ouverte sur son sillon profond ombré d'un fin duvet doré. Et maintenant Nicolas la besognait silencieusement. Amanda n'avait pas menti. Caroline était merveilleusement étroite du ventre, et c'était paradisiaque de s'enfoncer dans ce fruit rose et gonflé dont la gaine resserrée frottait de partout contre son énorme membre.

Du coin de l'œil, Caroline vit le fer rouge approcher. Dans un instant l'espèce de cœur métallique incandescent allait brûler en grésillant la chair de ses épaules. Le regard fou, Amanda se penchait sur elle, comme une sorte de chirurgien diabolique.

— Non ! cria Caroline.

D'une poussée des reins, elle se dégagea du pal qui la forait et se releva. Avec un grognement de rage, Amanda se précipita sur elle, brandissant à bout de bras la tige de métal. « Il faut que je m'en sorte ! » pensa Caroline dans un ultime sursaut de son instinct de conservation. Déjà, Nicolas se relevait, lui aussi, son membre dressé et frustré au centre de lui. Caroline roula à nouveau sur elle-même pour échapper au fer rouge qui s'abattait. Le métal rougi à blanc grésilla dans la moquette. Caroline s'était relevée encore une fois. De toutes ses forces, elle lança sa jambe droite en direction du bas-ventre d'Amanda qui poussa un glapissement étouffé et se replia sur elle-même. Nicolas eut l'air de se réveiller. Un frisson horrifié le parcourut.

— Qu'est-ce que tu as fait à Maîtresse ? rugit-il.

Il se précipita sur elle avec une violence décuplée par l'indignation. On avait profané sa souveraine ! « Des dingues », pensa Caroline. « Tous des dingues ! » Sous le poids du jeune homme, elle roula à terre. Déjà

Amanda reprenait souffle, le regard incendié de rage et de vengeance. Ni les uns, ni les autres n'entendirent la porte de la cave s'ouvrir et des pas précipités dévaler l'escalier en direction des salons souterrains.

Quand ils s'immobilisèrent tous les trois, ce fut pour apercevoir le canon d'un RMR Spécial Police qui béait dans leur direction. Et une main qui le brandissait, l'index tendu sur la détente. Puis un long bras musclé, une paire d'épaules d'athlète, une silhouette de dieu du stade, un regard noir scintillant.

A côté, le psychanalyste Gaetano Bordiglione tremblait comme une feuille morte. Une très grosse feuille morte. Morte surtout de peur.

— Vous avez bien fait de ne pas essayer de mentir, murmura Corentin au psychanalyste. Ça vous vaudra peut-être l'indulgence des jurés...

Quant à lui, il avait bien fait d'appeler les Porreau. La rue Dieulafoy ça leur disait quelque chose : c'était très exactement l'adresse du domicile de celui chez qui, six mois auparavant, Laurent et Françoise Porreau avaient voulu que leur fille suive une psychanalyse.

— La fête est finie, lâcha Corentin.

Il regardait Caroline, plus belle encore que sur les photos. Plus belle que l'autre nuit, passage Véro-Dodat.

Radieusement nue.

Elle le reconnaissait également.

Le flic du passage, la nuit où elle avait en vain essayé de se prostituer. Le flic aussi qui emmenait son dealer, un autre jour, place Maubert...

Ses yeux s'emplirent brusquement de larmes.

Elle éclata en gros sanglots d'enfant.

***

Boris Corentin détourna les yeux. Le cœur chaviré.

Caroline Porreau se calmait peu à peu.

Elle s'était garrottée au bras, s'était piquée dans la

veine saillante, au pli du coude, avait fait entrer le liquide en elle, renversée en arrière, les yeux embrumés.

Un peu de rose réenvahissait ses joues. Elle s'était laissée retomber sur le divan du bureau de Bordiglione. Là où des dizaines de patients étaient venus, pendant des années, raconter des secrets qui les torturaient.

C'était fini. Elle avait eu son flash.

Une fois de plus, Corentin se retrouvait en face d'une réalité qu'il avait dû affronter bien des fois dans sa carrière de policier : le spectacle bouleversant d'une fille belle comme le jour que la drogue, peu à peu, allait transformer en loque...

Il prit sur lui et passa un bras autour de ses épaules.

— Venez, murmura-t-il.

La villa des Bordiglione allait recevoir dans cinq minutes les collègues qu'il venait d'alerter par téléphone. Gaetano et sa femme n'en avaient pas fini avec le carrousel des inculpations : détention de drogues, voies de fait, viol, séquestration et ainsi de suite.

Caroline releva les yeux.

— Je voudrais vous demander quelque chose, souffla-t-elle.

Corentin se pencha sur elle.

— Je vous écoute.

— Ne me ramenez pas chez mes parents, gémit-elle. Enfin, pas tout de suite ! Je voudrais pendant quelques jours...

Boris réfléchit un instant.

— Vous avez besoin... commença-t-il.

— Je sais de quoi j'ai besoin, coupa Caroline. La désintoxication, tout ça... Il le faut. Mais par pitié : laissez-moi un peu de temps. Avant. Ne prévenez pas mes parents que vous m'avez retrouvée.

Boris se passait machinalemernt le pouce sur les lèvres. C'était l'impossible qu'elle lui demandait. C'est-à-dire de lui faire confiance.

— Je vais essayer de vous trouver une chambre d'hôtel, murmura-t-il au bout d'un long silence.

— Non, jeta Caroline. Pas l'hôtel ! Je ne veux pas être seule !

Boris la scruta.

— Ecoutez, si vous préférez, je peux vous proposer autre chose. Mais ne vous méprenez pas. J'habite un studio de célibataire, et si vous voulez y dormir, vous y serez tranquille. C'est tout ce que je peux faire pour vous si vous ne voulez ni rentrer avenue de l'Observatoire, ni aller à l'hôtel...

Elle lui agrippa le bras.

— Je veux aller chez vous, murmura-t-elle.

Des sirènes de police se rapprochaient.

— Après tout, laissa-t-il tomber, vous êtes assez grande pour décider vous-même.

*
**

Rue de Turbigo, quand il ressortit de l'immeuble où se trouvait son studio, la première chose que vit Corentin sur le pare-brise de la Ferrari, ce fut bien entendu le papillon vert d'un PV. Il avait attendu une heure que Caroline s'endorme, pelotonnée dans son grand lit de célibataire. Il avait essayé de l'interroger mais des crises de larmes l'avaient secouée et il n'avait rien tiré d'elle que des phrases incohérentes.

Il fit le tour de la Ferrari rouge et souleva le capot à l'arrière. Un pâle sourire éclaira son visage.

Il aurait parié avec lui-même, il aurait encore gagné. Le prétendu cambriolage des Porreau, c'était Caroline. Il souleva le vaste sac poubelle en plastique bleu rempli de bibelots ultra-précieux. C'était les Porreau qui allaient être contents. Pour les bibelots, il leur raconterait que la police est mieux faite que ne le prétendent ses détracteurs et qu'à condition de caresser les receleurs qu'on connaît dans le sens du poil, on leur fait déballer tout ce qu'on veut. Pour Caroline, il ne savait pas encore très bien ce qu'il allait raconter...

Avenue de l'Observatoire, son sixième sens de flic devait être en sommeil. Il ne remarqua pas la 205 bleue garée en bordure des jardins, avec deux silhouettes assise à l'avant, silencieuses attendant. Ou s'il l'enregistra, ce fut machinalement, par habitude de policier qui regarde autour de lui, quoi qu'il fasse, où qu'il aille.

*
**

Exceptionnellement, Laurent Porreau avait annulé déjeuners et dîners pour revenir manger avenue de l'Observatoire. Ça faisait dix minutes qu'il mastiquait une aile de poulet froid en silence et ça ne passait toujours pas.

Françoise reposa sa fourchette sur son assiette.

— Laurent, murmura-t-elle, ça ne sert à rien, tu sais...

Ils n'avaient pas dormi de la nuit, remuant tous les reproches qu'ils pouvaient se faire, concernant l'éducation ratée de leur fille. Buvant, comme des milliers de parents avant eux dans le même cas, le calice jusqu'à la lie... Lorsque la sonnette retentit à l'entrée, Laurent Porreau se précipita pour aller ouvrir. Il revint dans la salle à manger précédé du policier brun aux yeux noirs qui étaient déjà venu leur rendre visite.

Boris Corentin posa à terre le long sac de plastique bleu.

— Regardez ça d'abord, demanda-t-il à Laurent Porreau.

Cinq minutes plus tard, ce dernier relevait la tête.

— Il n'y est pas, murmura-t-il.

— Qu'est-ce qui n'y est pas? demanda Françoise.

Son mari hésita un bref instant puis se décida à évoquer la disparition de l'écritoire turc. Sans parler bien sûr du document qui se trouvait à l'intérieur.

— L'écritoire que Marc aimait tant ? demanda Françoise.

Laurent Porreau se rassit à table.

— Tiens, c'est vrai ! murmura-t-il.

Corentin rapprocha sa chaise.

— Excusez-moi, questionna-t-il, mais qui est Marc ?

Les yeux baissés, Laurent Porreau évoqua en quelques phrases la mort de Marc Darmont, l'antiquaire. L'assassinat, selon toute vraisemblance. Impassible, Corentin écoutait. L'affaire devait être entre les mains des collègues de la Criminelle.

Dix minutes plus tard, dans le hall de l'appartement où il l'avait raccompagné, Laurent Porreau retint Corentin.

— Je ne pouvais pas en parler devant Françoise, mais quelque chose m'est brusquement revenu à l'esprit. Il faut que je vous dise...

— Oui ?

— Sur le document qui était caché dans l'écritoire, sur la liste que j'avais établie, il y avait plusieurs noms de personnalités politiques françaises très connues... Or Maxime, l'amant en titre de Marc...

— Maxime comment ?

Porreau murmura le nom d'un secrétaire d'Etat promis, disait-on, au plus brillant avenir. L'antiquaire assassiné choisissait bien ses amants... Corentin carburait. A entendre Porreau, le petit ami de Marc Darmont connaissait très bien, lui, quelques-uns des personnages mentionnés sur la liste établie par le créateur du *Cercle d'Or* à ses heures perdues. La nouvelle filière française de la drogue. Très compromettante pour énormément de gens. Entre certaines mains cette liste, disait-il, pouvait devenir de la dynamite. Il fallait agir vite. Sinon, il allait y avoir de la cervelle sur les murs...

*
**

Furieux, Boris Corentin fit un bond de côté. Une voiture, qui filait à ras du trottoir, l'avait éclaboussé jusqu'aux genoux. Les taxis passaient. Tous pleins. Avec la neige qui avait recommencé à tomber, il ne risquait pas d'en trouver un libre avant longtemps.

Il resta quelques instants à faire les cent pas à l'angle de l'avenue de l'Observatoire et du boulevard Saint-Michel. Machinalement, il enregistra, là-bas, les manœuvres d'une 205 bleue qui essayait de se garer dans un créneau deux fois trop petit. Finalement, il se dirigea vers le premier tabac venu. Sur le boulevard. Inutile d'essayer les cabines publiques. Rien de plus déprimant que le matériel téléphonique déglingué par plaisir. Par pure et simple jouissance du vandalisme.

La cabine du tabac, au sous-sol, puait la sueur et vaguement l'urine. Sans compter le reste auquel il valait mieux ne pas penser.

— Pardonnez-moi de vous réveiller, fit Corentin quand Caroline, au bout d'une vingtaine de sonneries, eut enfin décroché dans son studio de la rue de Turbigo. Mais c'est extrêmement important. J'ai besoin que vous me répondiez...

— Je vous écoute, fit la voix ensommeillée de la jeune fille.

Quand il raccrocha, Corentin était presque en nage. Caroline avait tout avoué. Sa première visite à l'antiquaire, le marchandage et même le chantage pour lui vendre l'écritoire de son père... Puis le retour, le lendemain, à l'aube, au domicile de Marc Darmont. La découverte du cadavre. Sa descente précipitée vers le magasin d'antiquités où elle avait appelé anonymement la police et, par hasard, récupéré l'écritoire turc.

— Cet écritoire, avait hurlé Corentin, où est-il ?

— Mais..., ici, avait murmuré Caroline. Pourquoi ?

— Vous en êtes sûre ?

— Je vais vérifier.

Elle l'avait fourré, ce matin-là, au fond de son grand

sac de cuir. Il n'y avait aucune raison qu'il n'y soit plus.

— Je l'ai toujours, annonça-t-elle au bout d'un instant.

Boris contracta les mâchoires.

— Ne bougez surtout pas, Caroline ! cria-t-il. Ne sortez pas ! J'arrive !

Encore un coup de téléphone à Brichot, toujours en planque dans sa chambre d'hôtel, place de Stalingrad.

— Ça se précipite pour Gabrieli ! cria Mémé au bout du fil. Boris, si tu savais comme je suis content de t'entendre ! Ici, on s'emmerde sec, Rabert et moi ! Tu viens nous voir quand ?

— Pas le temps pour le moment ! lança Boris.

— Tu sais quoi ? reprit Aimé Brichot. Le Gabrieli, Tardet l'a suivi hier dans tous ses déplacements à travers Paris. Bistrots, boîtes, re-bistrots et re-boîtes. Mais ce qu'il y a d'intéressant c'est que Gabrieli fréquente quand même du très beau linge à ses heures perdues. Il a passé hier une partie de la soirée chez...

Il devait consulter ses notes.

— Un ancien secrétaire d'Etat...

Le cœur de Boris Corentin manqua un battement.

— Voilà, reprit Brichot. Un certain Maxime...

Le même nom, le même prénom que ceux que Laurent Porreau venait de lui indiquer. Boris remuait convulsivement des maxillaires.

— Mémé, rugit-il, tu es un génie !

— Sûrement, répondit Brichot. Mais pourquoi ?

— Parce que tu viens de m'aider à boucler la boucle, simplement.

— Quelle boucle ?

La filière de la drogue qui commençait par la fille morte d'overdose, retrouvée dans un terrain vague, qui passait par une autre fille cherchant désespérément sa came à travers Paris, et qui s'achevait chez un personnage politique très en vue, amant d'un antiquaire qu'on venait de retrouver assassiné. L'homme politique en question avait des liens avec Gabrieli, le truand corse qu'on soupçonnait de réorganiser les réseaux français d'héroïne. L'antiquaire avait été quelques heures en possession d'une liste de noms dans laquelle figuraient des complices de Gabrieli, qui étaient aussi des complices de son amant. L'antiquaire avait été tué, on avait mis son appartement à sac. Tout cela en vain : l'objet dans lequel était caché le document avait disparu, et c'était lui, Boris, qui savait où il se trouvait. Chez lui, dans le sac d'une ravissante fille blonde qui devait dormir à poings fermés. Si tout se passait bien, il allait même coiffer en douceur les collègues de la Criminelle et leur apporter sur un plateau, sans qu'on lui ait rien demandé, l'énigme de l'affaire sur laquelle ils blêmissaient sans résultat...

Il faillit appeler Badolini pour le tenir au courant des derniers développements de l'affaire, mais il résista. Plus tard. La surprise n'en serait que meilleure.

*
**

Au même instant, rue de Turbigo, Caroline tournait en rond. Elle s'était rhabillée mais elle avait toujours aussi froid. Un froid horrible. Impossible de se rendormir, après le coup de fil de Boris Corentin. Elle regarda le pli de son coude : bientôt il ne serait plus qu'une plaie. Et elle était en manque à nouveau. Il fallait qu'elle sorte. Qu'elle reprenne sa course folle à la drogue à travers Paris. Elle enfila son manteau de vison, parcourant des yeux le studio de célibataire où elle avait failli trouver enfin la paix.

— Tant pis, murmura-t-elle en songeant au beau flic aux cheveux noirs bouclés et aux yeux en amandes qui aurait pu, peut-être, l'aider à s'en tirer.

Le seul homme, en tout cas, qui n'avait pas essayé de la torturer ni d'abuser d'elle, depuis qu'avait commencé sa course insensée, suicidaire.

Elle quitta l'immeuble de la rue de Turbigo cinq

minutes exactement avant qu'un taxi ne stoppe devant la porte.

Le policier étonnant auquel elle avait songé cinq minutes auparavant gicla du taxi. Beaucoup trop pressé pour penser à repérer, derrière lui, la 205 bleue qui ralentissait à une centaine de mètres et se garait en douceur.

Boris se mit à marcher de long en large dans son studio exactement comme Caroline tout à l'heure. Et à peu près dans le même état. Il avait froid. Il était même glacé.

Il se laissa tomber à la renverse sur son lit. S'insultant intérieurement. Caroline s'était envolée.

Et maintenant, avec une belle inconscience, elle risquait sa peau à travers Paris, trimbalant sur elle un inoffensif bibelot du XVIIIe siècle qui ne demandait qu'à devenir de la dynamite.

Il se releva et recommença à marcher de long en large pour essayer de se calmer.

Même en remuant toute la ville de fond en comble, même en mobilisant tous les hommes disponibles de la Brigade Mondaine, même si ces derniers asticotaient des bataillons d'informateurs, les chances de retrouver Caroline étaient plutôt squelettiques.

Il ne pouvait plus tenir en place. Il décida de rejoindre Brichot et Rabert dans leur planque de l'*Hôtel du Nord et du Commerce.* Au moins, il pourrait parler. C'était ça ou continuer à se ronger les ongles jusqu'au sang. Le truc dont il avait le plus horreur au monde.

CHAPITRE XVI

Léon Gatien n'avait jamais eu de chance avec les femmes et il n'était pas disposé à imaginer que ça allait changer alors qu'il atteignait sa soixante-septième année. Aussi préféra-t-il penser que les regards de la ravissante jeune fille blonde en vison, assise à côté de lui sur le quai du RER à la station Gare de Lyon, ne lui étaient pas destinés. Sagesse élémentaire. Il se replongea dans le numéro spécial de *Science et Vie* qu'il était en train de dévorer. Tout un numéro consacré à l'aviation. On aurait dit qu'il n'avait été conçu rien que pour lui. Pour le faire rêver à la vie qu'il n'avait pas eue. Pilote : c'est ce qu'il voulait être, à vingt ans. Les événements en avaient décidé autrement. Il avait rencontré Marianne et Marianne s'était retrouvée enceinte. Ils s'étaient donc mariés et Léon Gatien avait trouvé un « job » provisoire pour faire bouillir la marmite. Maquettiste dans une maison d'édition. Le genre de provisoire, en fait, qui dure toute la vie. Au moment de l'accouchement, il y avait eu des complications. La médecine n'était pas, à l'époque, si perfectionnée que maintenant. On n'avait réussi à sauver ni la mère ni l'enfant. De la clinique, Léon Gatien était ressorti veuf. A vingt-neuf ans.

Il ne s'était jamais remarié et le portrait de Marianne trônait toujours sur la cheminée de la salle à manger, dans son pavillon, à Bry-sur-Marne, pas très loin du cimetière où elle reposait pour toujours.

Il avait eu quelques aventures, bien sûr. Sans lendemain. Les filles à qui il plaisait n'étaient jamais celles qui lui plaisaient. Par une sorte de fait exprès, ça ne coïncidait pas. Alors il avait renoncé à refaire sa vie, et il avait découvert quelque chose qu'il ne soupçonnait pas : on peut très bien, finalement, se résigner à avoir raté son existence. Depuis qu'il était à la retraite, son rêve d'avions le reprenait. Tous les soirs, avant de s'endormir, il s'inventait une autre carrière : il aurait piloté des long-courriers, il aurait sillonné le monde, parcouru les continents, multiplié les conquêtes féminines. Et dire qu'il n'avait jamais mis les pieds dans une cabine de pilotage ! Alors qu'il aurait été capable, les yeux fermés, d'identifier toutes les commandes, de dire où se trouvent l'altimètre, la manette des gaz, le pilote automatique, le bouton de cap, le vario, le compas magnétique, le chrono ou le compas gyroscopique... Imbattable, il était. Mais rien qu'en théorie. En pratique, un nullard absolu.

Il se replongea dans son article sur les nouvelles techniques de soufflerie cryogénique permettant de reproduire les conditions de vol réel et de tester les nouveaux modèles d'avions civils ou militaires.

— Vous avez du feu ? murmura une voix près de lui.

Il releva lentement un visage fatigué sous la casquette Prince de Galles. Il essaya de sourire en répondant et ça fit relever les deux plis profonds qui tiraient sa bouche vers le bas et lui donnaient l'air si amer d'habitude.

— Excusez-moi. Je ne fume pas, murmura-t-il.

La blonde en vison à côté de lui aurait été moins déplacée dans les pages couleur d'un numéro de *Vogue* que sur un quai de RER.

— C'est bien ma veine, dit-elle.

La vie l'avait rendu modeste, Léon Gatien. Surtout avec les femmes. Il se replongea dans sa revue. La blonde à côté de lui était exactement du genre qui l'avait rendu fou de désir toute sa vie. Inutilement. Du style pin-up de magazines. Avec un corps qu'on devinait élancé, doux et chaud sous les vêtements. Une silhouette à se prélasser au soleil au bord d'une piscine pour milliardaire. Lui, son lot, c'était la banlieue parisienne et la solitude. Il y a ceux qui sont du côté ombre de l'existence, et ceux qui sont du côté soleil, et les années lui avaient appris qu'on ne change pas son destin si facilement que ça.

Le chuintement de la rame qui arrivait déclencha la propulsion automatique des voyageurs vers le bord du quai. Léon Gatien se leva en même temps que la blonde, mais un réflexe mêlé de curiosité le fit se retourner.

La blonde en vison chavirait lentement par terre, comme si on l'avait fauchée aux mollets.

Il se précipita.

Elle était pâle, les lèvres presque grises brusquement.

— Ça ne va pas ? demanda-t-il comme si ça ne se voyait pas.

Elle s'était accrochée à son bras.

— Je ne sais pas ce qui m'arrive, lâcha-t-elle. Je crois que c'est parce que je n'ai pas mangé depuis...

Son dernier repas était vraiment très loin maintenant. Léon Gatien la scrutait.

— Mais c'est une môme, constata-t-il, attendri.

Il ne pouvait pas la laisser là, sur ce quai, dans l'état où elle était.

***

De la gare du RER au boulevard Pasteur, tout près du cimetière de Bry-sur-Marne, il n'y avait que quelques centaines de mètres, mais ils mirent longtemps à les franchir, étant donné que Caroline marchait de plus en plus difficilement. « On doit former un drôle de couple », songea Léon Gatien. Lui avec son pardessus vert à chevrons d'une autre époque, sa casquette, son écharpe écossaise. Et elle, blonde, éblouissante, en vison et bottes de chevreau... Si les voisins les voyaient, ils allaient penser qu'il venait de toucher le Loto, et s'était payé pour fêter ça la plus belle fille de Paris.

Ils se retrouvèrent dans une petite rue bordée de potagers et de pavillons en meulière. Celui de Léon Gatien était au bout. Dans les débuts, il n'y avait plus que des terrains vagues après sa maison. Maintenant il y avait toujours des terrains vagues, mais avec de grosses HLM plantées dessus.

A l'intérieur, c'était propre et triste. Ça ressemblait au décor de célibataire méticuleux mais solitaire qu'il était. Sur la cheminée de la salle à manger, il y avait un souvenir de vacances en Bretagne. Un gros coquillage avec QUIMPER marqué dessus. Les seules vacances qu'ils avaient eues ensemble, Marianne et lui, trente ans avant.

Sous la lumière de la suspension, les yeux de Caroline étaient affreusement cernés. Elle enfouit les mains dans les poches de son manteau pour en cacher les tremblements.

— Vous..., bafouilla le vieux. Vous devriez prendre un bain pour vous détendre. Pendant ce temps, je vais préparer une omelette.

Il la regarda bien droit dans les yeux.

— N'ayez pas peur, Mademoiselle, vous repartirez quand vous voudrez. Dès que vous vous sentirez mieux.

***

Caroline ressortit de la salle de bains, enveloppée dans un peignoir à carreaux que Léon Gatien avait déposé discrètement devant la porte. Maintenant, elle l'entendait s'expliquer avec des poêles et des assiettes, dans la cuisine, au-dessus des brûleurs de la gazinière.

Elle porta la main au col du peignoir et en agrandit l'échancrure, juste ce qu'il fallait pour qu'apparaissent les bombements roses de ses seins. Elle avait horreur de ce qu'elle allait faire. Mais il le fallait.

Les crampes d'estomac avaient repris. Dans quelques heures, elle n'en pourrait plus. Elle avait besoin de fric. Et vite.

L'odeur de l'omelette commençait à emplir la cuisine.

— Vous vivez ici tout seul ? demanda-t-elle en approchant.

Elle ondulait des hanches et du buste de manière très calculée. Le vieux se retourna.

— Mais oui.

— Célibataire ?

Il sourit tristement.

— Veuf.

— Depuis longtemps ?

Il cligna des yeux.

— Presque trente ans.

Elle était tout près de lui. Un mouvement rapide du buste et le peignoir s'ouvrit encore un peu. C'était la moitié des seins qu'on apercevait maintenant. Elle haussa la jambe droite et appuya le pied sur une chaise cannée. Le peignoir, par conséquent, glissa et découvrit sa cuisse droite presque jusqu'en haut, à l'attache de l'aine, là ou frisait le duvet blond de ses premiers poils pubiens. Le regard du vieux se voila. Elle se conduisait comme une salope, mais elle n'avait pas d'autre issue. Le bain très chaud l'avait reposée. Elle bénéficiait d'un petit sursis avant la nouvelle attaque du manque, il fallait qu'elle le mette à profit. D'accord, il était vieux et pas riche. Mais il n'était sûrement pas insensible et si elle se montrait très gentille, il serait peut-être généreux...

Elle ondula du torse, et ses seins apparurent encore un peu plus.

— C'est long, trente ans, murmura-t-elle. Des femmes, il ne doit pas en venir des masses, ici ? Je me trompe ?

L'autre était bouche bée, sa poêle à la main. Ahuri. Avec son omelette qui continuait à grésiller.

— On pourrait s'amuser ensemble, souffla-t-elle. Ça ne te dit rien ?

Silence. Le vieux avait l'air pétrifié. Elle sourit.

— Depuis combien de temps on ne t'a pas fait de strip-tease à domicile ? demanda-t-elle.

Pas de réponse. L'autre était toujours statufié. Elle vint se placer au centre de la pièce, juste sous la lumière du globe pendu au plafond. Elle remonta des deux mains vers l'échancrure de son peignoir et recommença très lentement en le faisant glisser en même temps de ses épaules.

— Regarde, fit-elle. Regarde bien !

Avec une lenteur exaspérante, ses seins apparaissaient. D'abord elle les emprisonna entre ses mains, les massant, brassant doucement leur masse tiède rosie par la chaleur du bain, les serrant, les cachant comme s'ils voulaient lui échapper. Puis elle se caressa les bouts couleur framboise qui dardaient comme deux gros crayons.

— Mmm, c'est bon, souffla-t-elle. Si tu savais comme c'est bon !

Léon Gatien n'avait jamais été pilote de ligne, mais il en avait les réflexes. Il se sentit soudain entrer dans une zone de turbulences, avec plein de trous d'air affolants.

— Le cul, maintenant, proposa Caroline. Tu veux le voir, mon cul, hein ? Dis-le que tu veux voir mes fesses ! Dis-le-moi !

Le vieux ravala plusieurs fois sa glotte. Le buste de Caroline était complètement sorti du peignoir, mais la ceinture retenait encore celui-ci, en bas. Il dut se cramponner à la poêle pour ne pas se précipiter en avant, jeter cette fille magnifique par terre et la posséder, là, sur le carrelage. Se la payer longuement à grands coups de reins.

— Alors ? reprit Caroline. Tu veux les voir ou tu ne

veux pas les voir, mes fesses ? Elles sont belles, tu sais. Je parie que tu n'en as jamais vu d'aussi belles !

Elle eut un profond tremblement qui la prit à l'échine.

— Je suis bonne de partout, tu sais ? Tu ne connais pas ta chance. Il paraît que je suis très agréable à enculer !

Elle parlait dans une sorte de brouillard. Chacun des mots qu'elle prononçait lui faisait horreur. Et elle se méprisait de la tentation qu'elle infligeait au vieil homme complètement ahuri de voir se tortiller au milieu de sa cuisine, dans son pavillon de banlieue de célibataire, une créature comme il n'avait jamais dû en caresser que dans ses rêves. Et encore ! Même dans ses rêves elles ne devaient pas se conduire pareillement. Comme elle se conduisait. C'est-à-dire comme une véritable pute.

— Très bien, dit Caroline. Puisque tu as avalé ta langue c'est moi qui décide. Regarde bien, c'est la chance de ta vie. Voilà mon cul !

Elle s'était placée de dos, et faisait descendre le reste du peignoir, millimètre par millimètre, se cambrant, dégageant peu à peu sa croupe magnifique dont le sillon profond et sombre commençait à apparaître.

Léon Gatien coupa le gaz sous l'omelette. Sa circulation sanguine commençait à s'emballer et il s'était mis à trembler comme s'il avait eu le palud.

***

Boris Corentin s'éjecta du lit où Rabert venait de disposer une nouvelle série de clichés.

— Jantot, lâcha-t-il dans le combiné téléphonique, tu sais bien que toi et moi, on s'est déjà pas mal renvoyé l'ascenseur, par le passé, et ça nous a plutôt réussi, non, à tous les deux ?

Au bout du fil, l'inspecteur Jantot, de la Brigade

Criminelle (1). Entre la Crime et la Mondaine, ça n'a jamais été vraiment les amours sans nuages, mais Corentin et Jantot avaient déjà eu l'occasion de se rendre des services sur certaines affaires particulièrement coton et ils s'en étaient assez bien portés. Tout ça à l'insu des chefs, bien entendu, qui continuaient par-dessus leurs têtes à se livrer une guerre de tranchées impitoyable...

— Le monde est petit, reprit Corentin. J'ai l'impression que toi et moi on enquête dans les mêmes eaux, finalement. Même si à première vue ça paraissait n'avoir aucun rapport. Figure-toi qu'il m'intéresse énormément, ton antiquaire à qui on a fait le coup du lapin. Et que je suis même probablement en mesure de te fournir le mobile du crime...

Jantot éclata de rire à l'autre bout du fil.

— Si tu me fournissais le criminel en même temps, ce serait encore plus sympathique, Boris !

— Il ne faut quand même pas demander l'impossible.

Dans la chambre de l'*Hôtel du Nord et du Commerce,* ça commençait à sentir le fauve. Les emballages de sandwiches et les cadavres de bouteilles de bière s'entassaient dans le lavabo. Brichot et Rabert continuaient à se relayer pour filmer le va-et-vient des dealers autour du café de *l'Espérance,* sur la place Stalingrad qui n'avait probablement jamais été aussi photographiée. Au passage, ils avaient même repéré un autre trafic, dans un petit entrepôt situé près du bistrot. Celui de matériel hi-fi volé. Téléviseurs, chaînes, radios et magnétoscopes arrivaient par caisses. Le soir, les clients venaient faire leurs achats dans ce stock clandestin. Quand l'enquête sur le trafic de drogue serait terminée, on communiquerait l'affaire de la hi-fi volée

(1) Voir B. M. n° 60, *Le maniaque du parking.*

à la Division de Police Judiciaire (1) du coin et tout le monde serait content.

Boris continuait à accumuler les informations sur Marc Darmont, l'antiquaire assassiné. Une « carrière » d'homo normale. Deux petites inculpations pour attentat à la pudeur, du temps où l'homosexualité n'était pas encore dépénalisée. Pas mal de voyages en Afrique du Nord comme de juste. Et une liaison, depuis un an, avec une personnalité politique très en vue, qui se prénommait, comme prévu, Maxime. Rien que des confirmations, mais qui donnaient pas mal de poids à ses intuitions.

Rabert s'était rapproché d'Aimé Brichot, embusqué derrière la fenêtre et qui continuait, morose, à chatouiller la vitre du bout de son téléobjectif.

— La BMW n'est pas revenue ?

— Pas encore, constata Brichot. C'est calme, on dirait, en ce moment. A part la Peugeot bleue, là-bas...

Rabert se pencha.

— On dirait qu'il y a deux types à l'intérieur.

— 205 bleue, murmura Brichot. Tu fais comme d'habitude. Tu notes le numéro et on vérifie au fichier des cartes grises...

A l'autre bout de la pièce, Boris Corentin continuait à s'accrocher au téléphone.

— Bien entendu, vous n'avez pas poussé l'enquête du côté de l'amant de Marc Darmont ?

— Tu plaisantes ! rit Jantot. Une huile comme ça, c'est à prendre avec des pincettes. Surtout que le type est bien entendu marié et père de famille. Façade hétéro à cent dix pour cent. Tu nous vois arriver avec nos sabots et poser des questions sur sa liaison avec l'antiquaire ? Personne, à la Crime, n'a vraiment envie de se faire saquer et de se retrouver vite fait aux Archives...

Jantot toussota.

(1) Anciennement les Brigades territoriales.

— Et le mobile, Boris ? Tu m'avais promis...

Corentin réfléchit.

— Laisse-moi encore un peu de temps, s'il te plaît. Quelques heures pour vérifier mes hypothèses. Et je te jure que, si je ne me trompe pas, tu auras la primeur des informations...

Quand il eut raccroché, Corentin se mit à faire les cent pas dans la pièce. Avec l'approche du soir, il y avait pas mal de va-et-vient dans l'hôtel. De la chambre voisine, montaient des petits rires étouffés. Des gloussements très féminins...

— Et oui, murmura Rabert, on a le son mais pas l'image !

Corentin résistait à l'envie de recommencer à se ronger l'ongle du pouce. Où pouvait bien être la fille de Laurent Porreau, à cette heure ? Pourquoi avait-elle filé ? Il se serait battu de l'avoir laissée seule dans son studio. Surtout avec la petite bombe portative qu'elle avait dans son sac et qui ne demandait qu'à exploser... Parce que maintenant il en était sûr : dans sa longue fuite en avant, Caroline avait mis le doigt là où il ne fallait pas. L'antiquaire avait gardé l'écritoire pendant une nuit. Une seule. Ça avait suffi pour qu'on le retrouve assassiné le lendemain matin. Bien sûr, il n'y avait rien de certain. Mais si on imaginait que Darmont avait découvert la liste avec des tas de noms très compromettants, ou pouvait aussi supposer qu'il avait prévenu son amant, Maxime, ne serait-ce que pour avoir des éclaircissements puisque plusieurs de ces noms étaient ceux d'amis et de collègues très proches dudit Maxime. Et comme Maxime était, de son côté, en relation avec Gabrieli, le trafiquant dont Brichot depuis deux jours collectionnait les portraits au téléobjectif, on pouvait être à peu près sûr que le nettoyage par le vide, chez l'antiquaire, avait été opéré par Gabrieli en personne. Ou des hommes à lui...

Mais pour le moment, une seule chose comptait.

Caroline... Caroline perdue, à peine l'avait-il retrouvée. Il fallait qu'il remette la main dessus. Et il n'avait pas la moindre idée du plus petit commencement d'embryon de piste...

CHAPITRE XVII

Celle à laquelle l'inspecteur divisionnaire Boris Corentin n'arrêtait pas de penser était complètement nue à présent, et elle ondulait voluptueusement de la croupe au milieu de la cuisine du minable pavillon de banlieue de Bry-sur-Marne sous les yeux d'un veuf de soixante-sept ans qui n'en finissait pas d'être sidéré de ce qui lui tombait du ciel.

— Ça manque de musique chez toi, mon chéri, souffla-t-elle en se déhanchant. Dommage. Tu en aurais eu davantage pour ton argent !

Elle n'arrêtait pas de pivoter sur les talons, lui offrant le côté pile puis le côté face puis encore le côté pile dans un kaléidoscope affolant. Une vraie statue de la féminité dans la triomphale fraîcheur de ses dix-huit ans. Une chair rose ondoyante partout, une crinière blonde dont les longues mèches bouclaient au bout, des hanches larges, généreuses, les masses mouvantes des seins aux pointes roses et souples, et surtout, au-dessus des longues cuisses musclées, cette fabuleuse toison blonde dont les mèches de plus en plus translucides montaient en un fin duvet vers le nombril.

Elle leva la jambe gauche et l'appuya sur un tabouret, faisant tranquillement surgir le sillon corail de sa longue fente charnelle.

— Alors ? Tu viens ou il faut que j'aille te chercher ?

Le vieux ne disait toujours rien, il avait l'air complètement bloqué des mâchoires.

— Je te garantis que tu ne seras pas déçu, articula-t-elle avec un sourire complice. Même si ça écorne tes économies, tu ne le regretteras pas !

Elle laissa glisser sa main droite vers son buisson blond, se cherchant de l'index, s'ouvrant les lèvres et s'activant, doigts plongés entre les cuisses dans son ventre.

— Viens prendre la place de ma main, gémit-elle. Viens dans ma chatte toute chaude. J'ai envie !

Elle ne reconnaissait même pas sa propre voix. Elle avait d'instinct pris des intonations vulgaires copiées probablement de films où des actrices jouaient des rôles de prostituées en train d'aguicher le client. En même temps, une fois de plus, elle se faisait horreur. « Voilà ce que la drogue a fait de moi. » C'était ce que murmurait une petite voix étouffée, en elle.

Mais l'horreur n'était pas assez puissante pour lui faire balancer tout son attirail de droguée par la fenêtre. Elle avait horreur d'elle-même, oui, elle était devenue une pute, tout simplement. C'était comme ça. Il n'y avait rien à faire.

Elle s'arrêta, haletante.

— Eh bien, mon chéri ? articula-t-elle. Tu n'oses pas ? Tu as perdu tes moyens ? Ou tu préfères que je fasse tout moi-même ? C'est ça, hein ? Tu veux que ce soit Caroline qui te la sorte et se la mette dans la bouche, n'est-ce pas ?

Elle se rapprocha. Le vieux était toujours appuyé à la gazinière. Un tic nerveux lui remontait la commissure droite des lèvres. Il la regarda s'agenouiller devant lui.

— Tu vas voir comme je sais bien faire les pipes, dit-elle d'une voix rauque.

Quelques secondes, ses longs ongles vernis se battirent avec le zip du pantalon de Léon Gatien.

— Dis donc, tu as l'air bien monté pour ton âge ! Je

les sens, tes bijoux de famille. Ça a l'air de tout premier choix !

Ce fut l'expression « pour ton âge » qui réveilla Léon Gatien de l'espèce d'hypnose où l'avait plongé l'exhibition de la jeune fille. En sursaut.

Il lui saisit le nuque.

— Bien, apprécia Caroline. Tu veux que je te l'avale bien au fond. Tu te dégèles, bravo !

D'une pression ferme des deux mains, il la fit reculer.

— Non, murmura-t-il. Je ne veux rien de tout ça.

Soufflée, elle le regardait.

— Qu'est-ce qui te prend ? gémit-elle.

Il s'éloigna pour ramasser le peignoir sur le formica de la table de la cuisine.

— Idiote, dit-il. Je pourrais être ton grand-père !

Il revint vers elle et l'enveloppa dans le peignoir très doucement.

— Merci quand même de m'avoir fait rêver, dit-il. Mais malheureusement pour moi, je n'ai pas tout à fait perdu le sens des réalités.

Il la fixa, le regard encore un peu brumeux.

— C'était bon tout de même, tu sais.

Progressivement Caroline s'empourprait. C'était, elle aussi, comme si elle sortait d'un rêve et retombait dans la réalité. Amère.

— Tu as des problèmes, ma petite, reprit le vieux d'une bonne voix rassurante. Inutile de me dire lesquels, je ne te demande rien. Mais tu n'as rien d'une prostituée, même si tu joues courageusement la comédie.

Il posa la main sur le téléphone noir antédiluvien à cadran circulaire, dans le couloir de communication avec la salle à manger.

— Le numéro de tes parents ? demanda-t-il.

Caroline se recroquevilla.

— Non ! lâcha-t-elle. Pas mes parents.

Elle leva vers lui des yeux emplis de sanglots.

— Appelez... Appelez l'inspecteur Corentin. A la police, oui. La Brigade Mondaine.

Elle s'effondra sur la table de la cuisine. Tremblante sous le flot de larmes qui lui montait maintenant aux paupières.

***

Boris Corentin réenfila son blouson de cuir noir.

— Cette fois je ne la laisserai plus échapper ! annonça-t-il.

Du pavillon de Bry-sur-Marne à la Brigade Mondaine et de la Brigade Mondaine à la chambre de l'*Hôtel du Nord et du Commerce,* la connexion n'avait pas demandé plus de cinq minutes.

— Et nous on reste une fois de plus en carafe ? gémit Brichot. Tu sais depuis combien de jours je n'ai pas vu Jeannette et les enfants ?

Boris joua des mâchoires.

— La planque est presque finie, Mémé. Encore un peu de patience ! Tu me laisses le temps de mettre Caroline en sûreté, et on organise le coup de filet général.

Il montra les dizaines de photos sur le lit. Quasiment image par image le déroulement de plusieurs jours de trafic. Geste par geste l'arrivée des dealers et des clients, le fric passant de main en main, la came glissée dans une poche, les regards inquiets à droite et à gauche dans la rue, et ainsi de suite.

— De toute façon, le puzzle est pratiquement reconstitué, non ?

— Pratiquement, approuva Rabert.

Le feu noir des yeux de Boris s'adoucit dans un sourire.

— Alors je vous garantis que cette nuit vous réintégrez vos foyers respectifs et légitimes, dit-il.

***

L'œil vissé, derrière ses lunettes Amor de myope, au viseur de l'appareil photo, Aimé Brichot soupira en regardant Boris, en bas, qui traversait la place et regagnait sa R 18 de fonction garée près de la station de métro.

— N'empêche que c'est lui qui rigole, remarqua-t-il, et nous qui continuons à moisir ici.

Il regarda la R 18 virer autour de la place.

— Tiens, émit-il, on dirait que les gars dans la 205 bleue se décident eux aussi à partir.

Au téléobjectif, il suivit les opérations de démarrage de la Peugeot. Qui fila ensuite dans la direction prise par la R 18 de Boris.

— Ç colle pas, ça, grogna-t-il. On dirait qu'ils lui filent le train !

Il se tourna vers Rabert.

— Tu appelles tout de suite le Service des cartes grises de la préfecture de police, s'il te plaît. Et tu essayes en urgence de savoir à qui appartient la 205 !

***

La nuit était noire maintenant et quelques flocons voltigeaient mollement. Ce qu'on appelle de la neige fondue. Aux approches de la Nation, il y avait un embouteillage monstre pour sortir de Paris. Et deux phares qui vous suivent, perdus au milieu de dizaines d'autres paires de phares, ça ne se remarque pas.

D'ailleurs Boris Corentin ne songeait pas à regarder dans son rétroviseur. Ce qui l'inquiétait, c'était ce moutonnement de carrosseries de bagnoles à l'infini, vers la porte de Vincennes. Bry-sur-Marne n'était qu'à quatorze kilomètres de Paris, mais entre lui et Caroline il y avait cet océan de tôles, pare-chocs contre pare-chocs. Absolument infranchissable.

***

D'un mouvement de la nuque Caroline rejeta en arrière sa longue crinière blonde.

— Si vous saviez ce que je suis heureuse de vous voir, murmura-t-elle.

Corentin avança dans la salle de séjour du pavillon de banlieue. Il avait mis trois quarts d'heure à se désentortiller de l'embouteillage. En avalant presque exclusivement de gros nuages d'hydrocarbures.

— Idiote, la gronda-t-il doucement. Vous n'imaginez pas ce que vous avez risqué en vous enfuyant !

Elle baissa les yeux.

— Vous et lui, dit-elle en montrant Léon Gatien assis à l'autre bout de la table, vous êtes les deux premiers hommes que je rencontre qui ne sont pas des salauds, vous savez...

Boris se massa les paupières.

— Je ne crois pas que tu aies une vision très objective de l'humanité, tu sais ? souffla-t-il.

Elle avança la main vers le compotier et y prit une orange.

— Je peux ? demanda-t-elle.

Léon Gatien sourit.

— Elle est sur la bonne voie, dit-il. L'appétit revient.

Après l'omelette, elle avait avalé une grosse salade et du fromage. Boris Corentin regarda le retraité.

— Merci pour ce que vous avez fait, dit-il.

L'autre haussa modestement les épaules. Et encore ! Le policier de la Brigade Mondaine ne saurait jamais le courage qui lui avait fallu pour résister à certaines tentations... Pratiquement de l'héroïsme...

Caroline avait achevé de peler son orange. Elle se leva, mordillant dans un quartier.

— Je vais m'habiller, fit-elle en se dirigeant vers la chambre du fond où elle avait laissé ses vêtements.

***

A hauteur des mâchoires, Brichot agitait le combiné téléphonique comme s'il avait décidé de l'avaler.

— Oui, j'écoute. Oui ! C'est urgent !

Au bout du fil, le standard du Quai des Orfèvres. Pendant deux à trois minutes il se mangea la moustache avec l'impression que le cœur était en train de lui cogner de façon pas normale entre les côtes.

— Léon Gatien ? Bry-sur-Marne ? Quelle adresse ?

Quand il raccrocha il avait une grosse boule dans la gorge.

— J'y vais avant qu'il ne soit trop tard ! jeta-t-il.

Les informations du Service des Archives et du Traitement Informatique, le SATI, étaient arrivées dix minutes auparavant. Le propriétaire de la 205 bleue s'appelait Giuseppe Montefiori, originaire de Sicile, et il avait un assez joli palmarès qui allait des extorsions de fonds aux attaques à main armée. On pouvait se rassurer en se disant qu'il n'avait jamais été arrêté pour meurtre et qu'il n'avait pas la réputation d'un tueur, mais il n'est jamais trop tard pour commencer ce genre de carrière. Sur celui qui l'accompagnait, c'était bien entendu le noir complet. Ce qui corsait un peu plus l'affaire c'est que le Sicilien et Gabrieli, l'homme à la BMW, avaient travaillé ensemble autrefois, aux Etats-Unis, au Texas, sous les ordres de Bob Greenwood, roi du trafic de Blanches et de came. De là à imaginer que Gabrieli avait repris Montefiori à son service dans les mêmes spécialités, il n'y avait qu'un pas que Brichot franchit mais sans aucune allégresse.

En résumé, ça voulait dire que le Sicilien filait le train de Boris Corentin qui allait, sans s'en rendre compte, le conduire jusqu'à Caroline Porreau, c'est-à-dire jusqu'à l'écritoire turc et à sa liste explosive...

— Préviens Baba ! lança Brichot à Rabert avant de disparaître.

*
**

La porte de la chambre s'ouvrit, Caroline réapparut dans la salle à manger du pavillon de Bry-sur-Marne, et Boris Corentin ainsi que Léon Gatien purent constater deux choses. D'abord qu'elle était toujours en peignoir. Et ensuite et surtout qu'elle n'était pas seule.

Deux silhouettes surgirent derrière elle. Un gros et un maigre. Une sorte d'armoire à glace à figure de brute inexpressive, et un autre très maigre au visage en lame de couteau et aux yeux noirs très enfoncés et très rapprochés.

C'est le maigre qui se tenait juste derrière Caroline, la faisant avancer en lui fourrant dans l'oreille le canon d'un 22 Long Rifle.

— Et voilà, dit le maigre d'une voix déformée par l'accent italien.

— Voilà, confirma l'armoire à glace, derrière.

Lui aussi brandissait un 22 Long Rifle dans la main droite et son canon béait en direction de Boris Corentin et de Léon Gatien.

Le maigre bloqua Caroline au milieu de la pièce.

— On est juste venus chercher quelque chose, annonça-t-il. Ensuite on s'en va. Avec mademoiselle, bien entendu.

Boris avait déjà récupéré de sa surprise. Il regarda Gatien d'un air interrogateur.

Celui-ci hocha la tête.

— Il y a une porte derrière qui donne sur le jardin, expliqua-t-il. C'est par là qu'ils sont passés...

La figure en lame de couteau grimaça.

— On s'en fout par où on est passés. On veux rien qu'un truc bien précis et ensuite on s'en va.

Boris haussa les épaules.

— Laissez-la, dit-il en montrant Caroline. Elle n'est pour rien dans tout ça.

Il montra Gatien aussi.

— Lui non plus. Laissez-les tous les deux en dehors de ça.

L'armoire à glace ricana.

— Tu parles qu'on va la laisser !

Le maigre chatouilla l'oreille de Caroline du bout du canon de son 22 Long Rifle.

— Où il est, l'écritoire turc ? interrogea-t-il.

— Qui vous envoie ? jeta Corentin.

— Ça suffit ! glapit l'amoire à glace.

Il se tourna vers le maigre.

— Giuseppe ? Je peux ?

L'autre eut un petit rire glacé.

— Bien sûr que tu peux !

Il agita son revolver en direction de Corentin et de Gatien.

— Vous, vous reculez gentiment jusqu'au mur. Comme ça, c'est très bien.

Boris ferma un instant les yeux. Son RMR Spécial Police était resté dans son blouson, suspendu à la patère de l'entrée. A part essayer de gagner du temps, il n'y avait pas grand-chose à faire.

— Elle est pas mal, hein ? rit l'Hercule en s'approchant de Caroline.

D'un coup de patte, il agrandit le décolleté de la jeune fille et empoigna ses seins dont il pinça les bouts l'un après l'autre. Caroline eut un gémissement de terreur. Déjà le peignoir atterrissait au sol. La patte gigantesque de la brute épousa la courbe blonde du ventre et des cuisses de Caroline.

— Mets-toi à quatre pattes, commanda-t-il.

Tandis qu'elle s'exécutait, Boris carburait. Impossible d'empêcher le viol ignoble. Le maigre à la figure en lame de couteau s'était assis à table en face d'eux, et son 22 Long Rifle les regardait aussi fixement que ses petits yeux noirs très rapprochés.

— C'est juste pour vous faire comprendre qu'on ne rigole pas, expliqua-t-il.

Caroline entendit le zip de la brute qui glissait derrière elle. Elle sentit le membre énorme qui s'insinuait dans le sillon de ses fesses, se rapprochait du bulbe fendu de son ventre. Involontairement elle se cambra sous la brûlure de la perforation. Quelques secondes il alla et vint en elle, puis se retira. Et elle comprit qu'il allait lui falloir à présent le subir dans les reins. Les énormes mains de l'homme écartèrent lentement les globes de ses fesses, puis il commença à pousser, forçant le puits serré qui essayait de lui échapper.

Elle hurla.

Au même instant, quelque chose d'imprévu surgit dans la salle de séjour du pavillon.

Quelque chose d'imprévu et de sonore, que le hurlement de Caroline, sodomisée par la brute, empêcha d'entendre approcher.

— Qu'est-ce que...

L'homme au visage en lame de couteau n'eut pas le temps d'en dire plus. Tout ce qui le préoccupait à présent, c'était sa main droite réduite en steack tartare. Sous les projectiles, la crosse de son 22 Long Rifle avait volé en éclats.

Aimé Brichot, son RMR Spécial Police au poing, gicla jusqu'au milieu de la pièce.

— Bravo, Mémé ! rugit Corentin.

Il s'était rué sur l'autre, l'armoire à glace, qui n'en revenait pas de se voir privé d'un orgasme pourtant imminent. Sans savoir comment, il se retrouva pris dans une tornade, bloqué à terre, à plat ventre, le bras droit coincé dans le dos à lui déboîter la clavicule.

Aimé Brichot se redressa et montra la face en lame de couteau qui gémissait en regardant sa main droite à jamais hors d'usage.

— Boris, je te présente Giuseppe Montefiori, un des lieutenants de Gabrieli.

— Et celui-là ? demanda Corentin qui pesait de ses quatre-vingts kilos sur la brute couchée à plat ventre.

— On ne peut pas tout savoir, *my dear,* répondit Brichot. Mais si on lui pose poliment la question, peut-être qu'il daignera répondre...

Boris asticota délicatement le bras retourné de la brute.

— Tu entends ? On te pose une question poliment. C'est quoi ton nom ?

L'autre ne mit que dix minutes à répondre. Mais quand il eut commencé, on ne pouvait plus l'arrêter. Un vrai moulin à paroles. Après avoir énuméré ses états de service — proxénétisme, coups et blessures, vols à main armée et ainsi de suite — il indiqua sans qu'on lui demande rien qu'il travaillait lui aussi pour Gabrieli. L'ennui c'est qu'il ne savait visiblement rien de plus. La connexion entre Gabrieli et Maxime, l'amant de l'antiquaire assassiné, c'était pour lui mystère et boule de gomme.

— Des exécutants, lâcha Corentin avec mépris. Rien que des larbins.

— J'appelle Baba, fit Brichot en fonçant vers le téléphone.

Une demi-heure plus tard, les voitures de police encerclaient le pavillon de Léon Gatien.

Boris regarda mourir au bout de la rue les feux du car qui emmenait les deux tueurs. Puis il tendit la main à Léon Gatien.

— Pardon pour le danger que vous avez couru à cause de nous, dit-il.

L'autre éclata de rire.

— Pensez-vous ! Dans la vie d'un retraité, c'est inespéré, au contraire.

Caroline était très pâle. Ses lèvres tremblaient.

— Monsieur l'inspecteur, dit-elle timidement, je sais que je vous ai trahi une fois. Mais si vous vouliez me donner une seconde chance...

Boris la regarda.

— Vous ne croyez pas que c'est le moment pour vous d'avoir du courage ? Il y a de très bons établissements pour les cures de désintoxication...

Elle réfléchit.

— Je sais... Mais je ne veux pas me retrouver seule. Pas encore. Pas tout de suite.

Il lui sourit.

— OK, dit-il en faisant sauter dans sa main l'écritoire turc pour lequel elle avait failli mourir. Mais cette fois à une condition : je préviens quand même vos parents que je m'occupe de vous. On n'a pas le droit de les laisser attendre plus longtemps. Ils vous aiment, vous savez.

Les yeux de Caroline s'embuèrent.

— Je sais, souffla-t-elle. Mais avec eux c'est la même chose. Pas encore. Pas tout de suite...

CHAPITRE XVIII

Lorsque Caroline et Françoise Porreau, sa mère, se précipitèrent l'une vers l'autre pour s'embrasser, ça fit dans le bureau du commissaire divisionnaire Charlie Badolini des froissements très doux de manteaux de fourrure.

— C'est peut-être mieux ainsi, murmura la mère de Caroline.

Cette dernière se laissait couvrir de baisers par sa mère.

— Tu vas nous manquer, dit-elle encore.

— Je te promets que je reviendrai, souffla Caroline.

Même Laurent, son père, avait les larmes aux yeux. Ça faisait une heure à peine qu'ils avaient retrouvé leur fille, et il fallait déjà qu'ils se séparent d'elle.

— Quand nous nous retrouverons, j'irai bien, vraiment bien, promit Caroline. Maintenant, ce serait trop tôt.

Elle se serra dans les bras de son père.

— Il faut d'abord que je guérisse, dit-elle.

D'un même élan, sans se consulter, Charlie Badolini, Boris Corentin et Aimé Brichot s'étaient rejoints à l'autre bout du bureau, s'éloignant discrètement des Porreau au moment de la séparation.

— Vous avez une cigarette, Corentin ? interrogea à voix basse le chef de la Brigade Mondaine.

Boris le scruta. Dans l'émotion générale des retrouvailles il ne s'était même pas aperçu que la cure de chewing-gum nicotinisé du patron avait été interrompue prématurément.

— Mais, murmura-t-il, je croyais...

Le vieux Niçois d'origine corse haussa les épaules, se surélevant sur les talonnettes de ses boots par une habitude qui était devenue un tic au fil des années. Habitude alimentée par de sérieux complexes rapport à sa taille.

— C'est comme ça, jeta-t-il. Alors, cette cigarette, Corentin ? Vous me la donnez ou vous continuez à veiller contre mon gré sur ma santé avec des attentions de mère poule ?

Boris s'empressa.

— Pardon, patron, fit-il en exhibant un paquet de Gallia.

Charlie Badolini alluma sa cigarette avec une moue de dédain. Lui, c'était plutôt les Celtiques, bien raides, bien chargées de nicotine, et qui vous ramonent d'un seul coup les poumons jusqu'au fond.

— Messieurs, fit en regardant Corentin et Brichot, vous m'avez ôté une sérieuse épine du pied.

Boris et Aimé s'inclinèrent poliment. Dans la soirée de la veille, après avoir ramené au Quai des Orfèvres les deux tueurs dépêchés à Bry-sur-Marne par Gabrieli, ils avaient, aidés d'une dizaine d'inspecteurs de la Brigade Mondaine, déclenché un énorme coup de filet en essayant d'utiliser au maximum les informations accumulées par Brichot et Rabert depuis leur perchoir de l'*Hôtel du Nord et du Commerce.* Ça faisait pas mal de travail en perspective, à présent. Interrogatoires, perquisitions, rapports. Restait encore à coincer quelques comparses absents au moment de l'arrestation générale. D'autres collègues, au même moment, commençaient à mettre leur nez dans les affaires de Charles Garnier, à la *Ferme Sainte-Catherine.*

Restait surtout à mettre la main sur Gabrieli. Le

maillon manquant. Le caïd de tout ce joli monde. L'homme aussi qui avait fait tuer Marc Darmont, l'antiquaire, et avait dépêché ses porte-flingues jusque chez Léon Gatien pour essayer d'y récupérer l'écritoire contenant un document explosif.

Mais Gabrieli, depuis la veille au soir, semblait s'être totalement volatilisé. Rabert et Tardet le cherchaient désespérément, harcelant leurs informateurs sans le moindre résultat pour le moment. Ils avaient appelé deux heures auparavant pour annoncer qu'ils possédaient enfin l'adresse de la planque du truand à la BMW, un appartement cossu dans une rue tranquille du XVIe arrondissement. Malheureusement, à part quelques paires de chaussettes, deux ou trois chemises et un vieux costume, Gabrieli n'avait pas laissé chez lui le moindre indice qui aurait permis de continuer à lui donner la chasse. Gabrieli était un homme extrêmement minutieux qui veillait aux plus petits détails. Un vrai pro dans son genre... C'était assez embêtant, si on n'arrivait pas à le coincer. Surtout que le bilan du coup de filet, côté came, n'était pas vraiment fabuleux. Deux cents grammes d'héroïne à peu près, sous divers conditionnements, en doses, en doubles doses, en sachets de cinq grammes... On avait passé des dizaines d'heures en planque, on avait pris des centaines de photos, tout ça pour arrêter une dizaine de trafiquants et mettre la main sur deux cents grammes d'héro. Dérisoire, si on pensait aux grands coups d'autrefois du style *Franch Connection*... Bien entendu, les dealers interrogés ne savaient pas grand-chose. La drogue venait, semble-t-il, de labos clandestins du sud de l'Inde. De là, elle était acheminée en toutes petites quantités par divers itinéraires avec des lieux de transit variés : Rome, la Suisse, Varsovie, Berlin-Est, Tunis, Moscou... Des filières bien trop complexes qui échappaient aux revendeurs à présent sous les verrous.

Le seul qui pouvait vraiment répondre aux questions intéressantes, c'était Gabrieli. Corentin bouillait d'envie de lui en poser des tas, de questions. A commencer par celles qui concernaient la pauvre fille trouvée morte, quinze jours auparavant, dans un terrain vague. Pour finir par les confidences qu'il comptait bien lui arracher sur la mort d'un antiquaire nommé Marc Darmont et sur ses relations avec un homme politique très connu prénommé Maxime...

En conclusion, Charlie Badolini n'attendait plus que les aveux de Gabrieli pour donner le feu vert à Corentin et Brichot en ce qui concernait ledit homme politique...

Le téléphone sur le bureau du patron de la Brigade Mondaine se mit à grelotter.

— Excusez-moi, murmura Badolini en pivotant sur ses talonnettes.

Le couple Porreau était sur le pas de la porte. Le père de Caroline se dirigea vers Corentin. Ils venaient de passer deux heures ensemble à éplucher la liste retrouvée dans le plumier. Une fantastique toile d'araignée de complicités à un très haut niveau à travers l'Europe. Le P-DG de la société d'armement avait bien travaillé. Tellement bien qu'il n'y avait guère de chances que tous ces noms ressortent jamais de l'armoire spéciale du bureau du chef de la Brigade Mondaine où, sous le nom de « blancs », c'est-à-dire de dossiers confidentiels, ils allaient dormir jusqu'au jour où, pour une raison très particulière, il deviendrait utile de ressortir l'un ou l'autre... Comme d'habitude, c'était surtout les lampistes qui allaient trinquer.

Le seul à tirer vraiment les marrons du feu c'était Jantot, à la Criminelle. Giuseppe Montefiori et son acolyte avaient fini par avouer le meurtre de l'antiquaire. Comme promis, Corentin avait confié les deux tueurs à Jantot. En attendant Gabrieli et l'autre, le véritable commanditaire de toute l'opération.

Boris referma la porte. Les Porreau venaient de partir après avoir embrassé une dernière fois Caroline et remercié Corentin qui, sur la demande de leur fille, avait accepté de s'occuper d'elle quelque temps.

Il vira vers Badolini.

Qui reposait lentement le combiné téléphonique, regardant dans le vide, droit devant lui, avec des airs d'accidenté de la route en état de choc.

— Gabrieli, laissa-t-il tomber d'une voix blanche.

— Oui, patron ? s'empressa Aimé Brichot.

Charlie Badolini continuait à blêmir.

— On le tient, patron ? cria Brichot.

— On le tient, fit le chef de la Brigade Mondaine.

— Alors c'est formidable, reprit Brichot.

Badolini toussota.

— Comme vous dites, répondit-il en s'étranglant.

Il se laissa tomber dans son fauteuil.

— Il est à la morgue avec un grand trou dans la tête. Rabert et Tardet l'ont retrouvé dans le coffre de sa BMW, au troisième sous-sol d'un parking, près de la République.

— Bon Dieu ! jeta Brichot hébété. Alors c'est complètement foiré, pour remonter plus haut ?

Badolini releva lentement ses yeux globuleux.

— Comme vous dites si bien, Brichot, c'est en effet foiré. Et c'est tout juste ce que, « plus haut », on voulait ! Si vous voyez ce que je veux dire...

***

Avec une conviction digne de tout éloge, Boris Corentin n'avait pas cessé de répéter pendant toute la soirée à Caroline que si elle voulait absolument dormir chez lui pendant les premières nuits, c'était OK de son côté, mais il ne fallait pas qu'elle se fasse d'illusions : il aurait pour elle les attentions d'un père et c'est tout.

Ils allaient donc, dès leur arrivée au studio de Boris, « dédoubler » le lit. C'est-à-dire mettre par terre le matelas sur lequel lui, Corentin, dormirait.

C'est ce qu'ils firent consciencieusement, vers minuit, rue de Turbigo.

Et ça dura presque une heure.

Pour la bonne raison qu'il y avait toujours un meuble qui empêchait d'étendre le matelas.

D'abord ils repoussèrent le fauteuil Voltaire. Puis ils déplacèrent la commode. Puis il fallut faire changer de place au sommier.

Au bout d'une heure, ils étaient en nage. Ils se regardèrent.

— Vous croyez vraiment que je vous dérangerais si on dormait ensemble ? demanda Caroline d'une toute petite voix.

Elle montra le déménagement.

— Il est assez grand pour deux, votre lit, ajouta-t-elle.

Les résolutions « paternelles » de Boris auraient voulu qu'il proteste hautement et déclare qu'il n'était pas question qu'ils se retrouvent sous la même couverture et les mêmes draps. Mais Caroline le regardait avec quelque chose dans les yeux qui le fit se sentir tout mou, brusquement, côté volonté.

— Hop, c'est décidé, lança-t-elle. On remet le matelas sur le sommier !

*
**

Longtemps, très longtemps après, ils réémergèrent des draps ensemble, trempés de sueur, essayant de retrouver leur souffle. Les longues jambes de Caroline emmêlées aux siennes, son pubis collé à son ventre, Boris l'entendit murmurer tout contre son cou :

— Tu sais quoi ? J'ai l'impression que je commence déjà à guérir...

De sa main droite, Boris enveloppa un sein attiédi par les caresses.

— Tu ne vas pas me dire...

— Si, chuchota-t-elle. Je n'ai pas compris d'abord ce que c'était, mais cette fois-ci, tu m'as fait jouir.

Elle roula, nue et brûlante, au-dessus de lui et l'enfourcha, cuisses largement écartées.

— Et c'est la première fois que je connais ça, ajouta-t-elle.

Il la sentit glisser la main entre leurs deux corps à hauteur de leurs ventres.

— Et quelque chose me dit que ce n'est pas la dernière, termina-t-elle d'une voix de fournaise.

L'instant d'après, elle s'empalait sur Boris et commençait presque aussitôt à crier.

Achevé d'imprimer en juin 1986
sur les presses de l'Imprimerie Bussière
à Saint-Amand (Cher)

— N° d'édit. 11493. — N° d'imp. 1334. —
Dépôt légal : juillet 1986.

Imprimé en France